# Los vivos

# EMILIANO MONGE
## *Los vivos*

El papel utilizado para la impresión de este libro ha sido fabricado a partir de madera procedente de bosques y plantaciones gestionadas con los más altos estándares ambientales, garantizando una explotación de los recursos sostenible con el medio ambiente y beneficiosa para las personas.

**Los vivos**

Primera edición: agosto, 2024

D. R. © 2024, Emiliano Monge
Indent Literary Agency,
1123 Broadway, Suite 716,
New York, NY 10010
www.indentagency.com

D. R. © 2024, derechos de edición mundiales en lengua castellana:
Penguin Random House Grupo Editorial, S. A. de C. V.
Blvd. Miguel de Cervantes Saavedra núm. 301, 1er piso,
colonia Granada, alcaldía Miguel Hidalgo, C. P. 11520,
Ciudad de México

penguinlibros.com

Penguin Random House Grupo Editorial apoya la protección del *copyright*.
El *copyright* estimula la creatividad, defiende la diversidad en el ámbito de las ideas y el conocimiento, promueve la libre expresión y favorece una cultura viva. Gracias por comprar una edición autorizada de este libro y por respetar las leyes del Derecho de Autor y *copyright*. Al hacerlo está respaldando a los autores y permitiendo que PRHGE continúe publicando libros para todos los lectores.

Queda prohibido bajo las sanciones establecidas por las leyes escanear, reproducir total o parcialmente esta obra por cualquier medio o procedimiento así como la distribución de ejemplares mediante alquiler o préstamo público sin previa autorización.
Si necesita fotocopiar o escanear algún fragmento de esta obra diríjase a CemPro (Centro Mexicano de Protección y Fomento de los Derechos de Autor, https://cempro.com.mx).

ISBN: 978-607-384-805-3

Impreso en México – *Printed in Mexico*

*Para Lucas*

"Casi todos sabemos que los ojos de las ranas
se encuentran a ambos lados de sus cabezas,
que son dos protuberancias y que ven ciertos
colores. Lo que casi nadie sabe, amiga, es que
sólo ven el movimiento. Quiero decir: cuando
el mundo está en calma, las ranas son ciegas.
Es el viento meciendo la hierba o la gota que
estremece al estanque o el vuelo del insecto
lo que posibilita su visión. Por eso digo que es
igual a lo que pasa cuando leemos y que así
también debería pasar cuando escribimos".

LUCÍA, en conversación con VESTIGIA

# Prólogo

# I

Hincapié sonríe observando la boca del grifo.

No hay manera, piensa apretando la llave con todas sus fuerzas.

Antes de comerse la rebanada de papaya que Vestigia le dejó encima de un plato, Hincapié recoge la taza que ella debió usar y vuelve a encender la cafetera.

Además de ese pedazo de fruta, Hincapié desayunará un par de huevos estrellados, medio aguacate y una concha, que compartirá con el perro. Cuando el café está listo, llena la taza que antes usara Vestigia y piensa en ella: igual tendría que haberse levantado.

Sobre el plato, los restos de pulpa que dejara la fruta dibujan un par de siluetas. Hincapié sonríe pensando que una de éstas se parece a Vestigia y que la otra bien podría ser la silueta de un niño pequeño. Sí, tendría que haberla acompañado esta mañana, estar con ella antes de que se fuera, decirle que, sobre todo, importa lo que ella decida.

Vestigia, que hace cosa de media hora dejó el departamento en donde vive con Hincapié y con el perro, mientras tanto, camina por la calle acompañada de Lucía, que habla de sapos y ranas, al tiempo que ella piensa en que debió besar a Hincapié antes de salir.

Sabía, sin embargo, que despedirse de él esa mañana no sería nada fácil. Y no quería llegar tarde otra vez al punto de encuentro: "Ándale, Lucía, apúrate".

Por eso sólo le gritó desde la puerta, cuando él gritó desde la cama.

"En serio, Lucía, que otra vez llegamos tarde".

# II

Dos cuadras después, ellas tienen que detenerse.

"Tampoco pasa nada si otra vez somos las últimas, amiga", dice Lucía.

"Claro, porque contigo no se enoja, porque a ti Justo nunca te reclama", responde Vestigia, contemplando las patrullas y ambulancias que les cortan el paso.

A seis o siete cuadras de ahí, Justo duda si escucha o imagina esas sirenas. Luego se sienta en el arriate que cincha el tronco del laurel ante el que aún no llega ninguna buscadora y asevera: "Ni fresco ni caliente... será un día de clima falso".

"Debí traer algo más ligero", se recrimina Justo tras un instante, quitándose la sudadera. Entonces lo arrolla el sonido de las sirenas que interrumpieron el andar de Lucía y Vestigia y piensa: son de verdad, debió pasar de nuevo. Apretando la quijada y los puños, deja que su nariz busque en el aire, pero lo sorprende un aroma que no reconoce.

En la esquina donde están, cuando al fin pueden echar otra vez a andar, Lucía dice: "Hubiéramos seguido ese convoy... igual es una aparición". Molesta, Vestigia responde: "Síguelo tú, si tanto quieres", al tiempo que piensa: debí besarlo antes de salir.

"No, obvio que no vas a seguirlo", añade Vestigia, tronándole los dedos a su amiga: "mejor apúrate, que Justo va a estar furioso". Justo, sin embargo, está en otra cosa: ¿por qué no me dijo nada el aroma ese?, se pregunta.

Poco después, Justo se responde: igual por eso, porque apenas fue un aroma. O porque hoy va a llover. Cuando el aire se carga los olores se esconden y se huelen cosas que no son.

"Es como cuando uno no sabe si hace frío o calor", murmura después, pero el sonido de su nombre, que de pronto se oye fuerte, lo desconcentra.

Son Endometria y Cienvenida, llamándolo desde la acera de enfrente.

"Ándale, Justo, ven a echarnos una mano".

# III

"No podíamos más", dicen Endometria y Cienvenida. "Me hubieran avisado", responde Justo antes de descargar, a un lado del laurel, el par de bultos que venían arrastrando.

"Debieron decirme que no pasaban taxis", insiste Justo, viendo cómo esas dos mujeres se sientan encima del arriate, al tiempo que el olor de las herramientas que guardan los bultos le recuerda un millar de ausencias y lo hace pensar, de nuevo, en Lucía.

Ella, Lucía, mientras tanto, cambiándose de hombro su propio saco de herramientas, aprieta el paso para aguantar el de Vestigia, que casi corre. Varios metros después, le pregunta por qué sigue molesta, pues tiene claro que por eso también avanza así, en silencio. "¿En serio tengo que explicarte?", responde Vestigia, sin volver la cabeza.

"No puedo creer que deba repetirte que para mí no es sencillo... como si no supieras que no es lo mismo para todos, que las apariciones nos cuestan más a unas que a otras", asevera Vestigia media cuadra después, dejando sin palabras a Lucía. "Como si no me conocieras ni conocieras mi historia", remata cambiando su fardo, ella también y en un segundo, de un hombro a otro. Luego ambas aceleran sus piernas, anhelando llegar al laurel.

Ahí, ante ese árbol, por su parte, Justo sigue pensando en Lucía, en todo lo que ella sabe sobre restos, entierros y estelas.

En eso está, cuando Cienvenida asevera: "Raro que el chofer no haya llegado". "¿Crees que aún ande lejos?", pregunta Endometria viendo a Justo, que alejándose dice: "Igual donde vive empezó a llover temprano".

"O se topó con un convoy igual al de hace rato y tuvo que cambiar su camino, dar una vuelta", añade Justo girando el cuerpo para encaminarse a la calle, atravesarla una vez más y ayudar a esas otras tres buscadoras que vienen llegando.

Si todo sigue como va, Vestigia y Lucía, que a tres o cuatro cuadras del laurel no dejan de apurarse y que aún siguen avanzando en silencio, serán, una vez más, como cada sábado y contra sus deseos, las últimas en llegar.

"No me dijiste qué les traemos", escucha Justo que Cienvenida le dice a Endometria cuando vuelve al arriate y mira su reloj: no le preocupa que el chofer venga retrasado, lo inquieta que Lucía aún no haya llegado.

"Sus regalos", asevera Endometria. "Eso ya lo sé, babosa", le responde Cienvenida: "quiero saber qué vamos a darles". "Esto", dice Endometria abriendo la bolsa a la que Cienvenida y Justo se asoman.

*¿Y si yo lo encuentro qué?*, leen Justo y Cienvenida, tras ver las figuras de las cuatro mujeres que, en torno de esa pregunta, parecen estar rastrillando.

"¿Somos nosotras y ellas?", pregunta Cienvenida. "¿Quiénes si no?", contesta Endometria.

"¿Te gustan?", le preguntan a Justo, pero él vuelve a estar en otra cosa.

El aroma de hace rato volvió, un instante, pero volvió.

Y él creyó que olía a advertencia.

# IV

"Igual no quiere decir nada", se contradice Justo.

"Con tu nariz, eso nunca es una posibilidad", asevera Cienvenida.

"Hablo en serio... no me hagan caso", insiste Justo tras un instante: "será que va a llover, que la tensión eléctrica revuelve los olores".

No es lo mismo, aunque sí es el mismo tema que Lucía toca a un par de cuadras del laurel, cuando le dice a Vestigia: "Creo que lloverá". "Sí, estoy segura, lloverá", se corrige un instante después, más por hablar que otra cosa, pues su amiga sigue molesta.

La verdad, sin embargo, es que Vestigia no está molesta. Si sigue en silencio es porque viene pensando, ella también, en las posibilidades del agua. En las palabras, en realidad, que Hincapié le lanzó desde la cama: "Llévate paraguas que hoy va a llover". Por eso tarda en responder, aunque finalmente lo hace: "Que llueva, prefiero el lodo al polvo".

"Mentira", dice Lucía. "Preferimos el polvo", añade cuando finalmente ve, en la distancia, el laurel, además de la silueta de Justo, que de golpe le despierta el sentimiento ese que no entiende. Por un segundo, piensa en lo que ese hombre le genera. Al instante, sin embargo, como de golpe, cae en cuenta de que su amiga no debería estar cargando y, señalándole la panza, le reclama: "Ya casi llegamos y no hablamos de eso".

"Cuando se intuye algo, Justo, no hay que callar ni hacerse pendejo", afirma Cienvenida, mientras tanto, sentada todavía bajo el laurel que Vestigia también alcanzó a ver hace un momento: "qué si tuviéramos que buscar en otro sitio y tú no te atreves a entenderlo". "Eso mismo digo... qué si por tu culpa no encontramos nada, si volvemos sin haber dado con ellos porque Justo no escuchó su instinto", remata Endometria.

"Hablando de instinto, ahí vienen ellas dos", exclama Cienvenida, señalando la calle y, más allá, las siluetas de Lucía y Vestigia, que por fin están llegando. "Ellas sí son puro instinto", dice Endometria al tiempo que Vestigia, asumiendo que las miran, acerca la boca al oído de Lucía y susurra: "Y ya no vamos a hablarlo... vaya a ser que ellas nos oigan".

"Ya saben que estás embarazada", confiesa Lucía cruzando la última calle: "así que mejor estate lista". "No deberías haberles dicho nada", dice Vestigia bajando aún más la voz. Y un par de segundos después, Endometria y Cienvenida la abrazan.

A Lucía, el que la abraza es Justo: "No sé por qué sentí, no, por qué pensé que hoy no llegabas". "¿Lo sentiste o lo pensaste?", inquiere ella, sorprendida por esas palabras, pero también por ese abrazo que ya dura demasiado.

"Lo intuí... ni lo sentí ni lo pensé, lo intuí, no sé por qué... igual porque me hacía ilusión verte", dice Justo, soltándola. Y, arrepintiéndose de sus palabras, se vuelve y abraza a Vestigia.

Tan nerviosa como Justo y viendo, también ella, a su amiga, Lucía dice: "Seguro no lo sabes, pero hay animales que se abrazan... los bonobos, por ejemplo".

"¿Cómo?", pregunta Justo. "Cuando se asusta, un bonobo salta encima de otro y lo abraza... bien fuerte, sin soltarlo", responde Lucía.

Justo entonces, Justo ve la camioneta que viene a recogerlos: "¡Ahí está!", grita girándose hacia los bultos.

Parece, Justo, haber olvidado el aroma que lo sorprendiera hace un momento.

"Pueden quedarse así, abrazados, dos o tres horas", dice Lucía.

Ojalá no les hubiera dicho nada, piensa Vestigia.

El chofer, mientras tanto, sonríe.

# V

Sonríe, el chofer, porque está viendo a Vestigia. Entonces, detenido ante el último semáforo, de golpe, piensa en su sonrisa y la revisa en el retrovisor: teme encontrar restos de comida entre sus dientes.

Si Hincapié atestiguara esta escena, se removerían sus temores. Por suerte, Hincapié, mientras hace algo parecido a lo del chofer —escupe un buche de agua con espuma de pasta de dientes—, está en lo suyo: acaban de llamarlo del trabajo.

Tiene que presentarse sin demora, le dijeron. Todo parece indicar que ésta es una de esas mañanas realmente complicadas, en las que el escuadrón de apariciones no se da abasto y necesitan del apoyo de todo el personal de desapariciones, también le dijeron.

Debe alcanzar al convoy en el lugar que le indicaron y debe hacerlo cuanto antes, remataron, mientras él, Hincapié, pensaba que aún tendría que sacar al perro y que, ojalá, su auto no fuera a dejarlo tirado de nuevo, pues encontrar un taxi, con todo lo que estaba pasando, seguro que sería difícil, por no decir imposible.

Donde sí hay un taxi es detrás de la camioneta: toca el claxon porque la luz cambió y el chofer no se ha dado cuenta. Cuando la camioneta arranca, amenaza cambiar sola de carril y el chofer lo acepta: debe estar baja una llanta. Si no pasó antes a inflarla fue porque le urgía ver a Vestigia, por eso ignoró esto que ahora, a media cuadra del laurel, lo hace soltar el volante: ahí está, debió perder aire en la noche.

Tocará pasar a una gasolinera, piensa el chofer estacionándose y buscando a Vestigia, pero viendo a Lucía, quien, junto a Justo, sigue en lo suyo: "Los monos araña, una vez huérfanos, caminan abrazados durante días". Así no saldré a carretera, insiste el chofer brincando al asfalto, devolviendo saludos, ubicando a Vestigia en el centro del círculo que forman varias mujeres y abriendo la puerta trasera, para que Justo eche ahí los bultos.

Aunque está seguro de cuál es el problema, mientras las mujeres abordan, el chofer se mete debajo de su camioneta: vaya a ser la de malas, se dice. Luego, revisando la suspensión y el eje, escucha varios retazos de conversaciones: está acostumbrado al enjambre de voces de estas buscadoras de los sábados, tanto como al de las anticipadoras o videntes con las que él trabaja todos los domingos.

No está acostumbrado, en cambio, a lo que pasa segundos después, cuando sale de debajo de su vehículo, abre su puerta nuevamente, vuelve a sentarse en su asiento, enciende el motor y mira caer, sobre el parabrisas, las primeras gotas del día: que las conversaciones de esas mujeres, desde esta hora, confluyan en una.

Tampoco está acostumbrado a que una conversación lo incomode como lo incomodó cambiar de ruta por culpa de los cortes que impusieron las apariciones de esta mañana, una mañana en la que Hincapié, por cierto, ya va camino al sitio que le dijeron.

¿Cómo puede ser que Vestigia esté embarazada y él no se hubiera dado cuenta, que haya tenido que escucharlo? "¿Todo bien?", le pregunta Justo, sentándose a su lado.

"Con la camioneta, quiero decir", añade Justo, guiñándole un ojo y sonriendo.

En ese instante, la lluvia arrecia y se oye un trueno.

# VI

"Listo, ya quedó inflada", asevera el chofer.

"Ni siquiera están bien entre ellos", continúa Justo, por su parte y como si la conversación que sostenían él y el chofer no hubiera sido interrumpida al llegar a la gasolinera.

"Además, la refacción está nueva", añade el chofer incorporándose a la calle e ignorando a Justo, que sigue: "El embarazo le llegó en el peor momento a Vestigia". Desde su asiento, Vestigia escucha su nombre pronunciado ahí adelante y cierra los ojos.

"Igual, no creo que vaya a pasar nada", asegura el chofer soltando el volante y constatando así que todo esté bien, que la camioneta no se jale. "No debe ser fácil", insiste Justo, ignorando, él también, las palabras de su interlocutor: "con Vestigia, quiero decir, con nadie que sea uno de ellos... a saber cómo hace Hincapié".

"¿Qué quieres decir?", pregunta entonces el chofer, olvidándose, de golpe, de la llanta, la camioneta, la lluvia y el mundo: "¿Ella no es de aquí? ¿También llegó?". "¿No sabías?", inquiere Justo: "¿no lo habías notado... ni en su mirada ni en su voz?". Suplicando no ser descubierto, el chofer busca a Vestigia en el retrovisor.

Lo que ve, sin embargo, en esa mujer que finge dormir, es una tristeza común, una tristeza que no calza, eso sí, con la alegría que las demás buscadoras dan por sentada en ella, quien, indiferente a la conversación, se aferra a la oscuridad bajo sus párpados.

Los gritos de Justo, que en ese instante por fin parece entender lo que quería comunicarle el aroma de hace rato, devuelven la atención del chofer a la calle.

No hay, sin embargo, nada que él pueda hacer para evitar el golpe; en realidad, ni de pensar en hacer algo le da tiempo.

Sobre el asfalto yacen los dos cuerpos que Justo vio aparecer ahí, de repente.

Tras golpear contra un poste, la camioneta derrapa y vuelca.

El estruendo se escucha en varias cuadras.

# VII

En donde está, Hincapié escucha el estruendo.
Lo sobresalta, sin embargo, el silencio posterior. Y eso
que no imagina que Vestigia pueda ser parte de aquello.

Vestigia, mientras tanto, luchando por no perder la consciencia, al tiempo que sus ojos buscan a Lucía, piensa, no en
el accidente que acaban de vivir, sino en aquello que también creyó ver un instante antes, cuando abrió los ojos, tras
oír el grito de Justo.

Aunque todavía no lo sabe, eso que Vestigia tampoco sabe
si pasó o no pasó, eso que de pronto vio o no vio ahí, junto
a los cuerpos que también cree que alcanzó a ver un breve
instante, ese como agujero al que sus ojos se asomaron y en
el que parecía haber algo más, lo cambiará todo para ella o,
más bien, lo precipitará.

Al final, cuando al interior de la camioneta no queda
nadie más consciente, Vestigia no puede sino entregarse al
sueño que la embarga, aferrándose al rostro de un niño que
no sabe si vio o no en ese agujero y que olvidará en cuanto
vuelva a abrir los ojos.

Ahora bien, como aquí no queda nadie consciente, vayamos con Hincapié. Pero no vayamos con él en este instante,
sino en uno posterior, una mañana que tendrá lugar dentro
de varias semanas y que será el inicio de esta historia.

Es la misma mañana en la que el niño que aún no vemos
es sorprendido por el hombre que lo ha estado siguiendo desde hace varios días.

La misma mañana, además, en la que Lucía despierta con la quijada dolorida, a consecuencia de una muela picada. La penúltima mañana, pues, de Vestigia e Hincapié.

# Primera parte

"Úrsulo descubrió de pronto que su
reino no era de este mundo".

JOSÉ REVUELTAS,
*El luto humano*

"La palabra es lo único que nos ha quedado
de ese tiempo cuando todavía no sabíamos hablar,
un canto oscuro dentro de la lengua, un dialecto
o un habla que no logramos entender plenamente,
pero que no podemos dejar de escuchar".

GIORGIO AGAMBEN,
*Cuando la casa se quema*

# Hincapié y Vestigia

# Uno

Apenas despertar, Hincapié estira un brazo.

Lo hace todas las mañanas, cuando el cuerpo le pide, lleno de ansiedad, confirmar que Vestigia sigue a su lado.

Es, quizás, el único ritual que él tiene y está a punto de cumplir un año, pues su mayor temor también es éste: abrir los ojos y descubrir que ella no está, que la cena de la noche anterior pudo ser su última cena.

Hoy, sin embargo, cuando sus dedos ya han recorrido el otro lado de la cama y al fin abre los párpados, Hincapié recuerda aquello que sabía de antemano, pero se había ocultado debajo del sueño: Vestigia no está ahí.

Tras varias semanas de desencuentros y un par de noches coléricas, decidieron que lo mejor era darse unos días.

Vestigia, por lo tanto, despierta en casa de Lucía.

# Dos

Vestigia despierta junto a la gata de Lucía.

Ella se la regaló a su amiga, después de que el animal quedara huérfano.

Contemplando el descanso de la gata, sentada sobre el borde del sillón en el que ha estado durmiendo, Vestigia piensa, sin quererlo, en sus dueños anteriores.

El recuerdo de la desaparición de esa pareja, que había sido tan cercana a ella y a Hincapié, la hace pensar en él. En el temor, en realidad, que ha arraigado en el cuerpo de ese hombre al que ella quiere tanto.

Cerrando los ojos, recuerda su departamento, su habitación y su cama. Y, evocando el sonido de su voz, se oye diciéndole a él: aquí estoy, no iré a ningún sitio. El regusto de esas palabras, sin embargo, abre sus párpados.

La gata escarba en su mochila: sobre el suelo, varias libretas, un par de casetes, su grabadora y la bufanda que le robó a Hincapié.

Ahí están, también, la jeringa y algunas ampolletas.

# Tres

Hincapié enciende la computadora, ansioso.

A pesar de que eso se habían prometido, Vestigia no le ha escrito nada.

El impulso que lo llena, tras un instante de temor, es el de llamarla por teléfono, aunque sabe que no tiene sentido. Igual, se dice Hincapié, podría llamar a Lucía, pues también es amiga suya. Al instante, sin embargo, descarta esta otra idea: no quiere parecer desesperado, tampoco que Lucía o Vestigia piensen que no cumple el acuerdo.

Ella tiene que estar bien, igual sigue durmiendo... eso es, aún no ha despertado, se dice intentando controlarse. Entonces vuelve a la cama y se deja caer ahí, bocabajo y clavando la cabeza en la almohada que fuera de ella.

Su olor lo reconforta. Creo que nunca se lo he dicho, piensa Hincapié: que su nuca huele a pan mojado, a levadura, en realidad.

Debo contarle lo que me hacen sus olores, se dice después, aspirando la almohada.

La erección, entonces, lo hace girar sobre el colchón.

# Cuatro

El líquido de una ampolleta llena la jeringa.

De forma indiferente, casi natural, Vestigia inyecta su garganta.

Poco después, cuando han pasado los noventa segundos que debe esperar, ella intenta pronunciar varias palabras.

Esas palabras, sin embargo, apenas son exhalaciones; como si fueran, en lugar de palabras, amasijos de sonido que, para colmo, apenas y se escuchan. ¿Y si esto abrió la brecha entre él y yo?, se pregunta.

¿Y si lo que llenó de hoyos el espacio entre nosotros fue este ir enmudeciendo?, insiste pensando en Hincapié, pero apenas sale del baño, se responde: claro que no. Obvio que fue todo lo demás. El accidente, por ejemplo. O el aborto. O ese miedo suyo, esa insistencia en que yo, un día cualquiera, dejaré de estar con él.

Frente al sillón en el que despertó, Vestigia piensa una vez más en el temor de él. Y por primera vez acepta que ella también lo ha sentido. No conoce, de hecho, a nadie que no haya experimentado algo similar.

Apurada, ella enciende su computadora, entra en su correo y escribe: *Buenos días, amor, quédate tranquilo que aquí estoy.*

Luego abre el buscador, teclea la dirección, usa la clave de Hincapié y revisa el contador de acontecimientos.

Esa cifra que la obsesiona no deja de aumentar.

# Cinco

Hincapié se siente aliviado en cuanto lee ese correo. Es como si las palabras de Vestigia fueran una corriente de aire que entrara en su cuerpo y lo limpiara, llevándose presagios y recelos.

*Yo también estoy acá, amor, lo sabes*, responde tras dudar varios minutos si debe escribirle algo más. Ante la computadora, con las manos todavía sobre el teclado, él recibe un hocicazo en la muñeca derecha.

Tras ese golpe, el primer lengüetazo: es el perro que él y ella adoptaron un par de días después de que su dueño desapareciera y de que su dueña les dijera que no quería quedárselo, que no tenía corazón ni para verlo, pues era un recordatorio doloroso. Quiere orinar, debe sacarlo pronto al parque.

"Nos traen costumbres ajenas", le dice a Herencia, tras ver el contador al que su trabajo le da acceso: "ustedes, las mascotas que nos quedamos". Buscando la correa, el miedo vuelve a atenazarlo. "Somos la metáfora", le dijo Lucía alguna vez: "nosotros, los humanos, somos la metáfora de los animalitos, no es al revés".

Cuando encuentra la correa, Hincapié está molesto: acordarse de esas cosas que Lucía lanza de tanto en tanto lo hace preguntarse por qué Vestigia habrá elegido irse a casa de ella. Y, después, por qué decidió irse.

De golpe, es como si no lo hubieran decidido entre los dos: *La verdad, no sé por qué no estás aquí, no lo entiendo*, escribe él.

Y, después, también escribe: *además, yo quería acompañarte con la ginecóloga.*

*Había pedido el día en el trabajo,* dice el tercer correo que envía.

# Seis

*No empecemos, Hincapié, te lo suplico.*

Esto es todo lo que escribe Vestigia, después de leer los correos de él, que llegaron mientras ella le avisaba a su jefe que se retrasaría un par de horas.

Le gustaría ser menos parca, pero sabe que, si le da entrada, él no habrá de contenerse. El intercambio de correos se volvería insoportable y sería casi como estar en el departamento, reproduciendo el horror de las últimas semanas.

A espaldas de ella cruje la puerta del cuarto de Lucía, que por fin se ha levantado. Tras saludarse con un leve movimiento de cabeza y silbar una misma tonada, cada una sigue con lo suyo: Lucía se pierde en la cocina y Vestigia repasa el día que le espera, para no pensar en Hincapié y no enojarse.

Cerrando los párpados, se imagina ante la ginecóloga que le dará el alta y se descubre, sin tener claro por qué, preguntándole si es normal que un aborto como el suyo cambie el olor de la vagina. Y es que está segura de que esto también pasó: que su vagina ahora tiene un olor nuevo y que éste no le gusta.

"Estás pensando en él, ¿cierto?", pregunta Lucía dejando un café, un sobre de edulcorante y una cucharita delante de ella. "No… la verdad es que intentaba lo contrario", responde con una voz que la ampolleta todavía no endurece por completo.

"¿Te parecería muy raro olerme la vagina?", inquiere Vestigia echándose a reír, descubriendo que su risa también es un cascarón y sorprendiendo a su amiga.

"Hay animales que se auscultan los órganos sexuales", responde Lucía, sonriendo también ella: "así que no me suena tan extraño".

Cuando dejan de reír, Lucía dice: "Me duele una muela". Luego remata: "¿quieres olerme la boca?".

# Siete

Apenas vuelve del parque, Hincapié lee el correo de Vestigia. *Tienes razón, amor, lo siento*, teclea respondiendo igual de escueto que ella. Y aunque no se le han ido las ganas de pelear, remata: *no empecemos.*

Se debe, esta extraña voluntad de paz que él muestra, al shock en que se encuentra: hace un momento, en el parque, le contaron la historia de los últimos vecinos que se fueron y la de una vecina que, después de haber aparecido, volvió a marcharse.

"Mejor que no durmieras acá, amor", dice él para sí o se lo dice a la ausencia de ella, llenando con croquetas el plato del perro, que espera ansioso a su lado. "Si las demás historias te dolían, ésta te habría herido hondo... ésta habría revolcado todo eso que tanto te ha costado poder ir asentando".

"Si por eso no te cuento lo que pasa en mi trabajo", insiste hablándole al silencio, como si ella estuviera ahí o como si el silencio fuera luego a contárselo: "Lo que no entiendo es que no me ordenaran presentarme, si la aparición fue aquí en el parque... no debieron cruzar datos, porque saber, saben dónde vivo".

Llenando con agua el otro plato de Herencia, Hincapié decide escribirle algo más a Vestigia. Para que veas que yo no empiezo, se dice, aunque en realidad quiere conjurar eso que apenas escuchó y dejar también de hablarle al vacío.

No importa que no vayamos juntos a tu cita, amor, lo bueno es que no tendrás que volver a ese consultorio. Y que, poco a poco, te irás sintiendo mejor.

Irás recuperando las fuerzas y el ánimo. Igual, un día, cuando vuelvas a ser tú, hasta te dan ganas de que paseemos juntos a Herencia.

Esto último, claro, no es una propuesta, quiero decir, no estoy presionándote.

Es un deseo, solamente es un anhelo mío, amor.

Ten un lindo día.

# Ocho

Varias horas más tarde, Vestigia lee el correo de Hincapié. Recién cuando llega a su trabajo, después de haber ido con la ginecóloga.

Aunque no tiene claro por qué, siente que las palabras de él son un agua que la inunda.

Al principio, esa agua que llena su cuerpo, como si ella fuera un globo con el que alguien se quisiera divertir, parece tibia.

Instantes después, mientras ella ordena los sellos que habrá de usar durante las próximas horas, una de las frases de él hace que el agua esa que la había anegado empiece a hervir, presta a derretir la piel del globo y haciéndolo explotar.

*Qué mierda que digas que, igual, un día de éstos yo vuelvo a ser yo*, escribe Vestigia en el correo que recién ha abierto en la computadora de su estación —si la descubren haciendo esto, perdiendo el tiempo con cosas personales, se meterá en un problema—: *es como si no entendieras nada.*

*Y eso que he intentado explicarte lo que he estado viviendo una y otra vez. No es que haya dejado de ser yo, es que, ésta que soy, es la única que puedo ser. Pero también la única que quiero ser. Crees que todo esto que me pasa empezó de repente, pero no.*

*Me he sentido así, como un pinche péndulo, desde hace un chingo de tiempo. Igual, porque siento que todo esto que cargo, lo cargo hace demasiado. Desde el principio, en una de ésas, aunque ni siquiera lo supiera.*

*Sabes de lo que hablo: los que llegamos, de un modo u otro, arrastramos un hueco. No, un vacío. Somos nosotros y también un agujero. ¿Te imaginas esa incertidumbre?*

*Así que no, no sé si un día yo vuelva a ser yo, porque no sé quién chingados soy, Hincapié, quién es ese yo que tú aseguras conocer.*

Enfurecida, sin siquiera volver a leer lo que escribió, envía el correo.

Luego pone a dormir la computadora y abre su ventanilla.

Ante ella, el primer niño que ha de censar.

# Nueve

Tras pensárselo bien, Hincapié decidió quedarse en casa. Total, se dijo, ya le habían dado el día en el trabajo y no le hacía mal a nadie.

Todo lo contrario: hacía tiempo que deseaba poder arreglar algunas cosas del departamento.

Es ahí, por eso, tras limpiar los tubos y los quemadores de la estufa, cuyos fuegos se habían vuelto tartamudos, donde él recibe ese otro correo de ella.

Apenas termina de leerlo, la calma que había ido cimentando a lo largo de la mañana desaparece y en segundos pasa del miedo al desconcierto, del desconcierto a la molestia y de la molestia a la rabia: qué poca madre, qué pinches ganas de sólo ver los pedos.

Instantes después, él escribe: *Vaya capirucho te mandaste. Ahora resulta que no puedo decir que últimamente tú no has sido tú... ¡porque tengo razón! Diga lo que diga, está claro, estoy jodido. No podrías ser más injusta, Vestigia. Ni queriéndolo. De cualquier modo, yo no estaba hablando en términos tan hondos, que lo sepas.*

*Yo sólo estaba haciendo un comentario que tenía que ver con la cotidianidad. Soy el primero en reconocerte y en reconocer lo complicado que es todo lo que te ha tocado. Y no sólo me refiero a los últimos sucesos, me refiero a tu historia. Claro que sé que arrastran ese hoyo y por supuesto que imagino lo difícil que debe ser tener tantas preguntas.*

*Pero déjame volver al comentario que hice: explícame por qué, si es mentira que tú no has sido tú, se ha vuelto costumbre que yo sea el que regresa siempre antes a casa. O se había vuelto, quiero decir, porque, ya sabemos, te largaste.*

*Si quisiera pensar mal, Vestigia, diría que no sólo dejó de gustarte pasear a Herencia, diría que dejó de gustarte ir conmigo al parque.*

*O diría, más bien, que yo soy el que dejó de gustarte. Quizás eso sea todo: que no sabes cómo decir que no me quieres.*

Tras enviar este correo, la rabia de Hincapié vuelve de golpe a ser temor.

¿Qué pasaría si él no volvía a verla por haberle escrito eso?

¿Qué si ahora ella decidía, de verdad, separarse?

# Diez

Las ventanillas cierran a las tres de la tarde. Los menores que entonces están en las filas se ven obligados a esperar una hora.

En sus estaciones, muertas del hambre, las funcionarias sacan sus fiambreras y también sus cantimploras.

Vestigia, que a esta hora nunca tiene apetito, despierta la pantalla del ordenador y, antes de ver el contador de apariciones, lee el correo que Hincapié le envió hace un rato. Azotando una mano en el teclado, sorprende a las otras funcionarias.

A pesar del sobresalto, esas mujeres no le preguntan nada, pues saben que no deben hacerla usar la voz, igual que saben que lo mejor es mantener cierta distancia con ella. Y es que decir que es huraña es quedarse cortas. Qué desgraciado, qué cabrón y qué increíblemente falso, Hincapié, se dice.

*Ahora resulta que yo lo decidí, que no fue cosa de los dos lo de darnos unos días,* escribe: *Lo peor, una vez más, es que quieres que vaya sobre ti, que mi necesidad de comprender quién soy, de dónde vengo y qué dejé también sea sobre ti. Pues no, este dolor que no me suelta y que no sé si es sólo mío no tiene que ver con si te quiero o no.*

*Por desgracia, que te quiero está más allá de toda duda, Hincapié,* continúa, esforzándose por contener sus dedos, pues sabe que aún no puede contárselo todo: *Eso sí, tienes razón en que me dejó de gustar ir al parque, pero no porque no me guste pasear contigo o porque no quiera sacar a Herencia.*

*Si tuvieras tacto no tendría que decirte esto: no me gusta ir porque tú, cuando caminas, sólo hablas de trabajo. Y tu nuevo trabajo es un recordatorio de lo que no consigo soltar y de lo que no sé si quiero seguir aguantando.*

*Además, no me gusta cruzarme con nuestros vecinos, pues sólo saben hablar de eso otro que tampoco sé si deseo seguir cargando: quién desapareció y quién apareció.*

*Es un espejo que no me deja sentir nada más y que me hace querer decidir algo cuanto antes;* al final, ella no consigue contenerse del todo.

*Y mejor me pongo a comer, pues si no, no me dará tiempo, amor.*

Escribir esa última palabra, sin embargo, la deja tranquila.

Aunque quizá sea el haberse desahogado.

# Once

Ante la ventana de su departamento, Hincapié siente odio. Así pasó las primeras horas de la tarde: detestando a esos vecinos que sus ojos buscan.

Es el mismo rencor que siente contra sí mismo, aunque a éste se suma la estupidez: no por haber escrito lo que escribió, sino por no haberse dado cuenta.

Sabía que las historias de su nuevo trabajo —hace cosa de dos meses lo transfirieron de la sección de desaparecidos a la de aparecidos—, es decir, que los casos que ahí le tocan podían resultarle dolorosos a Vestigia.

¿Cómo puede ser que no se diera cuenta de que le estaba contando lo que no quería contarle?, se pregunta abriendo la ventana, sintiendo el golpe del viento en el rostro y percibiendo la humedad que antecede a la lluvia. "Pareciera que yo fuera el que no sabe quererte", asevera reconociendo su falta de sensibilidad.

"Lo increíble es que siguieras regresando, amor, aun a sabiendas de que podía ponerme a hablar de ellos". Al murmurar esto, Hincapié siente el escalofrío de tantas otras veces. En vez del temor a que ella lo abandone —a fin de cuentas, acaba de escribirle que lo ama—, el terror que se esconde al interior de ese temor: la posibilidad de que desaparezca.

Cuando empieza a llover, cierra la ventana y vuelve a su computadora: *Amor, no sabes cuánto lo siento. Soy un ser miserable, un pobre pendejo. Tendría que haberte cuidado mejor. No puede ser que te contara esas cosas sin preguntarme qué estabas sintiendo, sin recordar lo que compartes con ellos y, lo juro, sin darme cuenta.*

Aunque quisiera escribirle mil palabras más, no encuentra el modo. O sabe, quizá, que a veces basta con eso que él acaba de escribir: la confesión de un imbécil que, de pronto, se asume como tal.

Mirando el teclado, intenta experimentar lo que cree que ella debe sentir cada vez que escucha que volvió a suceder, que, esta vez, le pasó a tal o a cual vecino.

Instantes después busca dar forma a lo que ella siente cuando él habla de los últimos aparecidos que debió atender o llevar al complejo.

Vuelve en sí cuando un pensamiento inesperado lo alcanza: por eso hacías lo de Endometria y Cienvenida.

Qué vergüenza que tampoco haya sido capaz de entender eso, amor.

Que lo necesitabas para que no todo fueras tú.

# Doce

Poco antes de que termine su jornada, ella lo acepta.

Lleva semanas intuyéndolo y en los últimos días parece haber empezado a arder en su interior, pero de pronto su decisión cristaliza.

Aceptando que el momento finalmente llegó, asume que no habrá nada ni nadie que pueda detenerla: lo que era una posibilidad es una sentencia a la que sólo le falta que alguien le ponga el sello de aprobado.

Por eso, piensa Vestigia, esa tarde volverá con la vidente que Justo le recomendó a Lucía, para que Lucía, a su vez, le hablara de ella. Ahora, sin embargo, no quiere pensar en esa otra mujer. Mejor guardar las cosas que se llevará con ella: la foto de Hincapié y el bordado que le regalaron Endometria y Cienvenida.

Con esos dos recuerdos dentro de la bolsa, para no pensar de nuevo en la vidente ni en eso otro que dejó de ser el contenido de una duda y se volvió la piel de una certeza, Vestigia piensa en el niño ese que, hace cosa de un par de horas, frente a su estación, la sacudió con su sonrisa, la revolcó después con su silencio y la hizo luego entender algo que aún no sabe cómo comprendió.

¿De dónde salió? ¿Por qué la hizo sentir aquel impulso tan extraño? ¿Por qué, con él, todo resultó tan diferente? Y ¿por qué le mintió? No, tampoco es momento de pensar eso, se dice: además, no tiene que ver con esto otro, insiste echándose la bolsa al hombro, en el instante exacto en que termina su jornada.

Antes de dejar su estación, sin embargo, y aunque duda si debería hacer eso, despierta la computadora y abre su correo: ahí está la respuesta de Hincapié. Mientras la lee, la decisión que arde en su pecho le duele un poco más.

Por eso escribe: *Amor, esta noche pienso ir a la casa, así que no tendrás que sentir miedo. No me voy a quedar, pero quiero verte, aunque sea un rato. Por favor, seamos nuestras mejores versiones.*

Cuando por fin apaga la computadora, apenas quedan encendidas unas cuantas luces entre las estaciones del galpón donde trabaja.

Afuera, la lluvia la sorprende: al mediodía, está segura de haberse fijado, no había una sola nube.

Por suerte, ella trae consigo el paraguas que Lucía le dio por la mañana.

"Huele a tormenta", le contó que le había dicho Justo.

"Y ya sabes que él no se equivoca".

# Trece

La luz enmarca la puerta, horadando la penumbra. Sentado en el suelo, Hincapié no puede creer que ella siga encerrada en el baño.

Tiene que estar furiosa, se dice: pero no puede ser porque me burlara de Justo... en el fondo, sabe que nadie puede oler la ausencia.

"Por favor, ábreme", suplica él, al tiempo que piensa: tampoco puede ser por eso que le dije de Lucía y la vidente... menos por haberla hecho hablar.

"Nunca te he obligado, amor, lo sabes bien", lanza acercando su rostro a la puerta. "O dime... ¿cuándo fue la última vez que te pedí usar la voz? ¡Soy el primero que la cuida!".

"He pensado, quiero decir... igual te enfureció que dijera, cenando, que todo esto que hemos vivido lo hemos vivido los dos, que el accidente y el aborto, por ejemplo, nos pasaron a los dos y no sólo a ti... si es por eso, discúlpame".

"Igual que si es por lo que dije de Endometria y Cienvenida... te prometo que lo que pasó fue que no supe explicarme... no quería criticarlas, todo lo contrario, de verdad... quería decirte que por fin entendí por qué eran importantes para ti... por qué te hacía bien ir con ellas y las demás todos esos sábados".

Por favor, amor, dime qué quieres que haga", insiste rozando el quicio con los labios. Luego, como sigue sin obtener respuesta y no encuentra otra cosa que le explique ese arranque, se dice: fue por hablar una vez más de mi temor, por decirle que esta tarde, esperándola, sentí de nuevo que iba a desaparecer.

No es capaz, Hincapié, de imaginarse que ella se encerró en el baño para llorar sin que él la viera. Por lo que viene, sí, pero también por lo que han vivido juntos. "Fue por lo que te dije del aborto, ¿verdad?", suplica desesperado.

Soltando la jeringa y la ampolleta que recién utilizó y aceptando que no quiere que él se quede con eso, Vestigia al fin responde: "No, amor, en eso tienes toda la razón... el aborto también pasó en ti".

Al escucharla, Herencia se acerca a Hincapié, que sigue oyendo: "sé que fue algo que también sucedió en algún sitio de tu cuerpo, aunque yo tuviera el accidente".

Tras un silencio más o menos largo, él asevera: "Hace poco, Lucía me contó algo sobre el duelo de los lobos por sus crías".

"Al parecer, el macho sufre tanto como la hembra. Pero esto no tiene sentido decírtelo ahora, amor".

"Además, ni me contó completa esa historia", remata antes de callar.

Al silencio que sigue lo agujerean dos sollozos.

# Catorce

Vestigia sale del baño un par de horas más tarde.

Tiene el rostro hinchado, sobre todo los párpados y los labios —cuando decide callar algo, acostumbra a mordérselos.

Entre penumbras, recorre el departamento, buscándolo: pensó que estaría viendo la televisión, pues creía escuchar su rumor. La sorprende, por eso, descubrir que Hincapié está en la sala y que duerme profundo.

Ni siquiera Herencia, acurrucado junto a él en el sillón, se percata de su presencia. Y eso que se acerca muchísimo a los dos. Tanto, en realidad, que siente ganas de abrazarlos para no soltarlos más. Sabe, sin embargo, que eso no va a suceder.

Qué lindo, se dice entonces, pero sólo para pensar en algo más, cuando Lucía habla de animales. O casi siempre que hace eso, se corrige, porque el otro día le contó algo que la dejó confundida: "He estado rumiando una idea: que no somos una especie carnívora, que igual y somos carroñeros".

"Piénsalo, amiga, no matamos ni devoramos sobre la huella del crimen. Nuestra comida nunca está fresca… cocinamos carne de animales asesinados días, incluso semanas, antes, porque nos da miedo nuestro propio acto", añadió Lucía, sonriéndole: "¿crees que eso nos hace parecidos a los leones o las hienas?". Fue el mismo día, recuerda entonces, como un relámpago, que le contó eso de las ranas, lo de cómo ven éstas el mundo.

Tras dudarlo una vez más, Vestigia se acerca a Hincapié y a Herencia, pero al instante recula: ¿por qué habría de despertarlos? ¿Para que puedan sentirme una última vez? No, no sería justo. Reuniendo fuerzas, ella acepta que ése ya no es su lugar. En su pecho, entonces, se sacude su miedo más profundo.

Ese miedo, el mismo que comparten todos y cada uno de los que han ido apareciendo —darse cuenta, un día cualquiera, que no están en el sitio que les toca—, la lleva a encerrarse, esta vez, en el que también fuera su cuarto.

Al final, lo que horadó aquello que ellos eran no fue una cosa, fueron las dos caras de un solo temor: no estar donde se debe y que el otro deje de estar.

Dentro del cuarto, ella trata de calmarse: "Despedirse no podía ser tan sencillo", susurra con su voz recién inyectada.

Con la congoja en el pecho, vuelve a dudar si despertar o no a Hincapié y a Herencia.

Recuerda, sin embargo, que él volvió a reír de la vidente y otra vez enfurece.

No sabe por qué, el descreimiento de él la hace perder así el control.

Le molesta que Hincapié no sea capaz de ver sus esperanzas.

Sí, eso es lo que en el fondo le duele más a Vestigia.

# El niño y Vestigia

# Uno

Llamaron, en total, once vecinos.

Cuando aparecen, la ciudadanía está obligada a reportarlos, aunque sólo sea uno.

Hoy fueron cuatro adultos y un par de menores. Estos seis seres, pues, alrededor de los cuales, sobre el asfalto salpicado de vidrios, están los oficiales.

Al principio, los oficiales tenían la obligación de reanimarlos. Uno de ellos, sin embargo, comprendió que era mejor esperar, evitar que el shock fuera a peor.

Al final, aunque hubo resistencias, la autoridad cambió aquella primera orden.

Por eso ahora no les queda de otra que esperar.

En la distancia, el sol sediento.

# Dos

Mientras aguardan, los oficiales beben café y fuman.

El más joven, que no parece saber cómo estarse quieto, tiende la cinta que contiene y limita a los chismosos.

Del otro lado de esa cinta, que a partir de ahora traza un perímetro en torno de los cuerpos, aún más aburridos que los oficiales, están los paramédicos —ni los unos ni los otros saben por qué siempre aparecen en lugares diferentes.

Para que los paramédicos entren en acción, sin embargo, falta aún más tiempo. Quizá por eso, además de beber café y fumar, juegan con un mazo de cartas.

Sobre los cables, al igual que en las cruces de los postes, se han juntado dos parvadas: una de palomas, otra de gorriones.

Desde allá arriba escurren sus sombras, cavándole agujeros al asfalto.

Los minutos parecieran avanzar lentos.

# Tres

El primero que se mueve es uno de los niños.

Lo siguen un adulto, después el otro menor y luego, casi, pero no al mismo tiempo, los que faltaban; los minutos, entonces, parecieran recuperar su ritmo.

Nadie sabe por qué vuelven en sí de forma escalonada, pues no hay indicios de que importen la edad, el tamaño, el peso, el sexo o la musculatura de los cuerpos. Se sabe, eso sí, que las mujeres tardan menos tiempo en moverse que los hombres.

Esta vez, sin embargo, no hay mujeres, sólo estos hombres y estos niños que, tras tomar consciencia mediante el tacto de que yacen sobre asfalto —además de la de vidrios, el tiempo enterró una constelación de corcholatas—, abren los párpados.

Al ver esas miradas, el temor que ahí dentro es un abismo, los oficiales por fin entran en acción: "Tranquilo, no estás solo... eso es, jala y saca el aire poco a poco".

El ajetreo repentino espabila a los gorriones, que nerviosos alzan el vuelo, llevándose las sombras más pequeñas.

Los minutos, entonces, parecieran empezar a acelerarse.

"Eso, así... no tengas miedo de agarrarme".

# Cuatro

"Nada... no pasa nada".

"No pienses en eso... no te hagas preguntas".

Tras ocuparse del shock de las mentes, toca el de los cuerpos, que, como siempre, tiritan de frío y de temor.

Ahí entran en acción los paramédicos, envolviendo con sus mantas metálicas a los niños y a los hombres, mientras éstos se quejan de la intensidad de la luz, como si nunca la hubieran contemplado.

A pesar de las nubes, esta mañana el sol brilla con inusual inclemencia. Aunque quizá no sea cosa suya: un fuerte viento barrió la noche, llevándose la polución que, en esta capital, empaña al astro seis de cada siete días.

Camino de las ambulancias, los oficiales y paramédicos guardan silencio, pues no existen respuestas a las preguntas, las quejas o los reclamos que les hacen, tercos, desesperados, los recién aparecidos.

Por eso resulta extraño que esta vez, uno de ellos, el niño que volvió en sí antes que el resto, no pronuncie una sola palabra.

Que guarde silencio y que sonría, levantando cuanto puede el rostro y la nariz.

Parece estar buscando algo en el entorno o en el aire.

Parecen divertirle los olores.

# Cinco

El niño nomás no dice nada.

A pesar de las preguntas que le hacen, guarda silencio incluso en la ambulancia.

Sonríe, eso sí: nada parece ser capaz de borrarle ese gesto, que no lo ha abandonado desde el momento en que asaltara sus labios.

"Debe ser idiota, nos tocó uno subnormal... como menos, limítrofe", dicen el paramédico y el oficial que acompañan al niño. No están dispuestos a resignarse, sin embargo, ante el hermetismo al que se enfrentan.

No se dan cuenta de que el niño está concentrado en otra cosa, que sigue emocionándolo el mundo que descubren sus sentidos: sus dedos acarician la sábana de la camilla en donde yace, igual que acariciaron la manta metálica que todavía cubre su cuerpo, es decir, como si nunca hubieran tocado cosas como ésas.

También lo divierten los sonidos al interior de la ambulancia: hay una máquina, conectada a varias mangueras, que parece respirar como un ser vivo; una caja con una pantalla en la que brillan varias líneas que, de tanto en tanto, hacen bip, y está el claxon, que cada vez que estalla renueva su sonrisa.

Pero si algo conmociona de verdad al niño es el sabor del gel de cítricos que, tras salir del pequeño sobre azul con blanco que el paramédico acercó a su rostro hace un instante, le inundó la boca.

Estirando los brazos, el niño le arrebata el sobre al paramédico, para estrujarlo luego con los dedos y sacarle hasta la última gota.

Después, ignorando a esos hombres que no dejan de hablar, se asoma a la ventana.

En sus ojos, el barrido de la velocidad.

# Seis

En sus ojos, mucho después, una luz. "Aunque aún no haya hablado, este niño está perfecto". Ignorando las opiniones del oficial y el paramédico, el doctor se muestra terminante.

"No es el primero que se demora así, en ese silencio", asevera: "no existe, pues, razón alguna para mantenerlo aquí, internado en el hospital de ingreso previo".

"Puede y debe ser trasladado al complejo, acaso, que coma algo antes", remata el doctor, llenando la Forma D46 que luego firma, apoyándose en la espalda de la enfermera que, hace un segundo, le ofreció su mano al niño.

Obediente, tras despedir al paramédico y sonreírle a su jefe, la enfermera saca al niño y al oficial al pasillo. "Acompáñenme", dice, y así llegan hasta el puesto en donde el niño recibe una caja de cartón reciclado, dentro de la cual hay un refrigerio frugal, compuesto por un pequeño jugo de naranja en tetra pak, medio sándwich y una pera.

Dejando de lado el jugo y el sándwich, cuyos panes despega para oler la mantequilla que, por un momento, casi le borra la sonrisa, el niño contempla la pera, la acaricia, la huele, se la lleva a la boca, la muerde y, al tiempo que mastica su pulpa y que su jugo escurre por las comisuras de su boca, se echa a reír de nueva cuenta.

Sorprendida por esa actitud y esa forma sencilla y básica de la emoción, una emoción que no suele ser común en el hospital en que se hallan, la enfermera vuelve la cabeza al oficial, como queriendo preguntarle con los ojos.

Antes, sin embargo, de que el oficial pueda responder, la enfermera observa al niño una vez más y se deja contagiar por lo que él está sintiendo.

Durante los segundos que siguen, ella también se va a reír.

El oficial, en cambio, apenas y se alegra.

En los pasillos, otro ajetreo.

# Siete

El hospital y el complejo están interconectados.

No hace falta salir a la calle para pasar de uno a otro, basta con recorrer estos pasillos por los que caminan el niño, la enfermera y el oficial.

"A veces pienso que son como intestinos", suelta el oficial, refiriéndose a esos pasillos, pero más por decir algo y escuchar así el sonido de sus palabras, que porque alguna vez, en realidad, haya pensado eso.

"¿En serio no ha dicho nada?", responde, preguntando y obviando lo que le ha dicho el oficial, la enfermera, quien tampoco parece estar interesada en la respuesta que pueda darle ese hombre, pues al instante, mirándolo por el rabillo o casi sin mirarlo, añade: "igual es que es sordo... sordomudo... ¿probaron con lenguaje de señas?".

Sacudiendo la cabeza, el oficial niega y chasca la lengua, dibujando, al mismo tiempo, un gesto de desprecio con los labios y los párpados. Obviamente, él no sabe lenguaje de señas. ¿Por qué tendría que saberlo?, eso quisiera responder, pero lo único que dice es: "Yo, con señas, sólo sé insultar".

Tras fingir que no lo ha escuchado, la enfermera, a un par de metros del lugar en donde deberá dejar al niño, toma a éste del hombro y lo detiene. Entonces, girándolo hacia ella, se agacha y le pregunta su nombre, usando las manos.

Al ver ese extraño aleteo ante su rostro, que le parece un juego de dedos, el niño vuelve a sonreír, divertido. Está claro que él no entiende qué es aquello.

Decepcionada, la enfermera le devuelve la sonrisa, se incorpora y echa a andar hacia el galpón donde se censa a los que apenas han llegado.

En ese galpón, por el que serpentean un montón de filas, el oficial y la enfermera se despiden del niño, inesperadamente tristes.

Por su parte, él, que no parece sentir la despedida, se forma en la primera fila que encuentra.

Dentro de poco, otro oficial se acercará al niño y lo cambiará de sitio.

"Ésta es la fila que te toca", le dirá antes de irse.

# Ocho

Casi tres horas después, el niño sigue formado. Delante suyo, al menos, ya sólo quedan seis o siete menores. Pareciera absurdo dudar si son seis o siete, pero en la fila hay unos gemelos y no hay forma de saber si pasarán juntos. Antes de que el más adelantado consiga dejar la fila, los altavoces del galpón anuncian que las ventanillas cerrarán la hora siguiente, para que las funcionarias que ahí atienden puedan consumir sus alimentos.

El oficial encargado del galpón se dirige, entonces, de una fila a otra, recomendando a los presentes sentarse, tomárselo con calma y descansar, pues por lo pronto ninguno va a moverse. Al ver al niño, sin tener claro por qué, el oficial se le acerca y repite aquello mismo, pero sólo para él.

Tampoco tiene claro, este oficial, por qué le cuesta tanto, una vez que le ha dirigido la palabra, alejarse del niño, quien, por su parte, tras sentarse en el suelo y sonreírle a la temperatura de la piedra, que atraviesa la tela del pantalón que le pusieron, hurga en la bolsa que venía dentro de la caja que le dieron hace un rato y extrae otra vez el medio sándwich y el jugo de naranja en tetra pak.

Despegando de nuevo aquellos medios panes, el niño contempla el color amarillo de eso que está untado ahí, luego mira el rosa intenso de la rebanada de jamón y, finalmente, tras decidir no usar la nariz, vuelve a unir el sándwich y comienza a devorarlo, con un hambre que parece de otro mundo.

El último bocado, el niño se lo pasa con un trago de jugo de naranja y el sabor de éste le devuelve la sonrisa. Así, sonriendo, cuando el jugo se termina, levanta la mirada y ve las ventanillas donde acaban las filas.

En casi todas, las funcionarias siguen comiendo; hay una, sin embargo, en la que una mujer hace otra cosa: revisa varias libretas.

Trae puestos, además, unos audífonos enormes.

# Nueve

El niño no puede dejar de ver a Vestigia.

La concentración con la que ella revisa esas libretas, sin embargo, se desvanece en cuanto los altavoces anuncian que el receso ha terminado.

Poco después, cuando sólo quedan tres personas delante del niño —a los gemelos sí que los pasaron juntos—, el oficial encargado del galpón vuelve a acercarse hasta el lugar donde él está y le sacude el pelo con la mano.

Sorprendido, el niño, que llevaba un rato buscando formas entre las vetas del mármol Santo Tomás, el más común de la región, despega la mirada del suelo y la fija en ese oficial que, en el mismo instante, alza la cinta que debe confinar la fila, pasa por debajo de ésta y se encoge, hasta quedar en cuclillas.

El oficial, que ha pasado aquí los últimos once años y que debe haber visto formarse en estas filas a varios miles de personas, no entiende por qué siente esta inesperada e inevitable necesidad de estar junto a ese niño que no debería ser, para él, más que uno más. Igual que no sabe por qué, de pronto, se lleva las manos a los bolsillos, como buscando algo y suplicando, después, encontrar ahí alguna cosa.

Siente que debe regalarle algo al niño para que éste no lo olvide, pues intuye, sin entender tampoco por qué, que él no podrá olvidarlo. En sus bolsillos, sin embargo, no encuentra nada. Decide, entonces, cuando delante de ellos ya sólo queda una niña, entregarle al niño lo único que tiene a mano.

Con dedos ágiles, como si estuviera desgranando una mazorca, el oficial extrae, de la carrillera negra que es su cinturón, una bala calibre 38. Luego, extendiendo el brazo y abriendo la mano como una flor, se la ofrece al niño.

Emocionado, el niño sonríe al ver el brillo de esa ofrenda y piensa, sin tener claro por qué, en una abeja. Una abeja y un panal y una... ¿una qué? Extrañado, el niño mira al oficial, que está a punto de hablar.

Antes, sin embargo, de que el oficial consiga articular palabra alguna, la luz de la estación de Vestigia cambia de color, pasando del rojo al verde.

Y el siguiente en la fila es él, el niño.

# Diez

También le sucede a Vestigia.

A pesar del momento que atraviesa, mira al niño y lo siente. Es una especie de calor interior, una llama que derrite un glaciar dentro del cual debía haber otra cosa escondida. A diferencia de los demás, Vestigia adivina, porque eso que de pronto ha quedado expuesto y ha sido alcanzado por la luz, además de removerla, se lo dice de un modo imposible de explicar, que ese niño no va a responderle.

Por eso evita las palabras —de cualquier modo, para ella es mejor—, igual que evita expresarse mediante señas. Deja, entonces, que entre ellos medien los gestos, una batería casi interminable de muecas y guiños que no sabía que poseía y que no imaginó que fueran capaces de transmitir todo eso que ahí está trasvasándose.

Hace tiempo, Vestigia se prohibió establecer cualquier tipo de vínculo con estos niños a los que ella debe recibir, censar y enviar después, según la puntuación de sus respuestas, a una habitación o a otra. Esta vez, sin embargo, sabe que no ha sido capaz de cumplir su promesa; que, de golpe y sin apenas darse cuenta, ha quedado prendada. Es porque estoy vulnerable, más sensible que nunca, se dice.

En el fondo, Vestigia sabe que lo que está sintiendo, que la razón por la que llena esos papeles inventando respuestas y asegurándole al niño la mejor puntuación posible, no tiene que ver con ella sino con él. O, si no con él, con eso otro que pareciera haber crecido entre ellos dos, esa especie de enredadera emocional rara y veloz.

"¿Quién sería la pared y quién la planta?", se pregunta Vestigia sonriendo y haciendo sonreír también al niño, al tiempo que busca, entre sus sellos, el azul celeste. Por su mente pasa, como un cometa, el recuerdo de sus últimas horas.

Mientras estampa el sello en el papel, el cometa ese le recuerda, también, lo que dijo que haría durante las horas siguientes.

Entonces, como si una mano enorme tirara de ella, la enredadera es desenraizada.

O eso cree Vestigia: que es arrancada de tajo.

# Once

Hay cosas, sin embargo, difíciles de desenterrar.

Por eso, antes de decirle al niño en qué habitación debe esperar a que le asignen un departamento, Vestigia experimenta algo insospechado.

Un impulso que la hace pensar y sentir que debería agarrar a este niño en brazos y echar a correr, que tendría que atravesar el galpón, dejar el complejo e irse a casa, para que Hincapié y él vivan juntos para siempre.

Sin embargo, son esas dos últimas palabras, para siempre, las que hacen que el impulso de Vestigia se quede en eso. Y es que, para ella, lo que esas dos palabras implican no es tanto tiempo, ni siquiera es tiempo suficiente. Su sonrisa se deshace en un instante y la del niño, por primera vez, amenaza hacer lo mismo.

Quizá por eso, porque cree que así conseguirá que él siga sonriendo o porque cree que de ese modo ella misma volverá a sonreír, antes de despedirse del niño, Vestigia lo abraza un instante y lo toma, luego, de las manos. Entonces siente el trozo de metal que él guarda en uno de sus puños y, boquiabierta, cuando entiende qué es aquello, intercambia esa bala por uno de los sellos que ya no usa, previa negociación de sus miradas.

Es esta situación imprevista —no sólo por la bala, también por lo del sello— la que finalmente le permite a Vestigia, si no desenraizar lo que sentía, desenraizarse a sí misma.

Odiando al oficial que vio acercarse varias veces a la fila y quien, está segura, debió darle esa bala, consigue sacar al niño de su entraña.

El odio que Vestigia experimenta, sin embargo, dura apenas un instante, igual que la certeza de haberse arrancado a sí de todo aquello, pues de golpe empatiza con lo que debió sentir el oficial al despedirse.

Nerviosa, sin detenerse a pensar qué la motiva, antes de indicarle al niño qué camino seguir, vuelve a abrazarlo, le pega una estampa y le susurra, con voz desinflada, una promesa.

"Habitación C-002", añade cuando el niño está alejándose, convenciéndose de que él ha entendido y acordándose, de golpe, de Lucía.

¿Por qué le prometió algo que no podrá cumplir?, se pregunta, murmurando: "Debo decirle a Lucía que esta noche no iré".

"C-002, no lo olvides, ahí van a decirte a cuál departamento".

¿Se lo prometió a él o a sí misma?

"¡No lo olvides!".

# Doce

Camino a la habitación C-002, el niño se extravía.

Lo normal sería que a esta hora hubiera otros menores recorriendo ese camino, pero el tiempo que ha pasado con Vestigia fue más del que creíamos.

Moviendo la cabeza hacia un lado y hacia el otro, el niño busca quien pueda ayudarlo, pero parece, de pronto, haberse quedado solo. Tampoco encuentra a nadie cuando, tras batir un par de puertas, entra en otro espacio.

Es una habitación vacía, en cuyo centro hay una enorme coladera y de cuyo techo penden, como si fueran lámparas, las bocas de catorce regaderas. Incómodo, por primera vez en todo el día, el niño decide no atravesar aquel espacio y regresar sobre sus pasos. Pero cuáles eran éstos, cómo llegó hasta ese sitio.

En un pasillo en el que aún no había estado, el niño intuye un par de presencias que se acercan y lo que siente, apenas vislumbrarlas, es un temor que lo hace recordar, no, que lo hace experimentar de nueva cuenta lo último que sintió antes del blanco absoluto y antes, por lo tanto, de aparecer en la calle desde la que lo trajeron a este sitio. La repetición de esa experiencia, sin embargo, dura apenas un instante.

Un instante, además, que no volverá a repetirse, pues mientras el niño evoca, aterrado, el camino a su escuela, el hombre que ahí apareció, el líquido ese, la soga, la superficie del metal y un frío profundo y húmedo, la memoria de aquella experiencia y de ese otro mundo se desvanece para siempre.

Abriendo los ojos, el niño siente, por primera vez, el hueco en su memoria y por primera vez, también, se pregunta qué hace ahí. Mirando el sello en su mano, sin embargo, recuerda a la mujer que se lo dio y vuelve a sonreír.

Entonces, en cuanto se pone en pie, apretando el sello y tratando de acordarse de la promesa que esa mujer le hizo, en el pasillo aparecen esas dos presencias que el niño intuyera hace un instante.

"¿Qué haces aquí?", le pregunta una de esas dos telefonistas, acercándosele. "No deberías estar acá", dice la otra, antes de inquirir: "¿qué habitación te asignaron?".

Aunque el niño no responde nada, ambas telefonistas sienten la necesidad de ayudarlo, apenas ver que les sonríe.

Al cargarlo, la primera telefonista descubre la estampa que Vestigia le pegó.

*C-002. Mudo o enmudecido por el trauma. Cálido y tierno.*

"No te preocupes, que yo voy a llevarte".

# Lucía y Vestigia

# Uno

Aburrida, Lucía mira sus dos manos.

No queda, en la sala en donde está, un solo objeto que su mirada no haya inspeccionado.

Cuando decide, por fin, ponerse en pie y marcharse, escucha el rumor de sus dos voces: deben estar en el pasillo, volviendo hacia la sala.

Ansiosa, se asoma a ese pasillo, pero Vestigia y la vidente o anticipadora —no tiene claro, Lucía, qué sea exactamente ella—, retrasan su aparición.

Una vez más, Lucía se desespera: ¿por qué siguen ahí... por qué no vuelven?

¿No eran las de ellas esas dos voces que escuchó?

# Dos

Las voces, otra vez en el pasillo.

Esta vez, además, cree que nota el movimiento: un rumor como acercándose.

Ya era hora, piensa Lucía, poniéndose en pie de nueva cuenta y acordándose de Justo. Hijo de puta... ésta me la debes, se dice.

Y es que fue él, Justo, quien le recomendó llevar a Vestigia con esa vidente o anticipadora, recuerda cuando las voces ya están ahí nomás y ella es capaz, por fin, de escuchar lo que se dicen una a la otra.

Segundos después, Vestigia y la vidente o anticipadora aparecen en la sala en la que Lucía ha estado esperando todo este rato.

Casi dos horas y media, ya ni la chingas, quiere decirle a su amiga, pero se calla.

El rostro de Vestigia parece otro.

# Tres

"Porque serás encontrada, desaparecerás".

Con estas palabras se despide la vidente o anticipadora de Lucía y de Vestigia.

En la calle, Lucía piensa que esa mujer debe haber ensayado aquella frase, así como el trance en que la dijo, un montón de veces.

"Lo siento, la vez pasada parecía... estaba segura de que ella no sería otra charlatana", le dice Lucía a Vestigia, que apura su andar por la banqueta; se siente culpable de lo que acaba de pasar, de haberla llevado otra vez a ese sitio.

"¿De qué hablas?", responde Vestigia con su voz cansada, cuando llegan hasta el auto. "Ella es de verdad, amiga, en serio no tengo nada que perdonarte", añade abriendo el coche, subiéndose y alzando el seguro de la otra puerta.

Como no esperaba que ella dijera eso, Lucía guarda silencio, abre los ojos tanto como puede y alza los hombros, invitándola a continuar.

Vestigia, sin embargo, enciende el auto y arranca.

# Cuatro

El tráfico es infernal, mucho peor que a la ida.

Avanzan a vuelta de rueda, tras un enorme camión de volteo.

Poco a poco, la luz se va tornando gris. En el cielo amenaza una de esas tormentas que luego se recuerdan durante días.

Cuando las primeras gotas estallan sobre el parabrisas del auto, el silencio que las separaba, ese como trance en el que Vestigia parecía estar atrapada, tampoco aguanta más: "No son cosas ni sucesos, es un lugar", dice su voz herida.

"Estaba equivocada, amiga, todos tenemos un lugar... se trata de encontrarlo, de volver dejándose ir", añade Vestigia tocando el claxon y sorprendiendo a Lucía, que no recuerda cuándo fue la última vez que ella pronunció una frase así de larga.

Entonces piensa que igual acaban de drogar a Vestigia, que algo debió darle esa vidente o anticipadora, pues su amiga no parece ser ella misma.

¿Cómo dejarse ir?, querría preguntar Lucía, pero teme a la respuesta de Vestigia.

Por eso, mejor inquiere: "¿Crees que hoy también va a granizar?".

Y después dice: "Me sigue doliendo la muela".

# Cinco

El aguacero ahonda aún más el silencio.

Ni Lucía se atreve a preguntar ni Vestigia se decide a contar nada más.

Ambas están ahí, en el auto, pero también en otros sitios. Vestigia piensa en su vuelta al complejo y Lucía dónde colgará su último insecto.

Adquirió ese insecto esta misma mañana, antes de que su amiga la llamara para decirle que tendrían que verse más temprano, que había movido la hora de su cita.

Es un *Goliathus orientalis* y su enorme caparazón color hueso, atravesado por delgadísimas líneas negras, podría verse perfecto junto al *Acrocinus longimanus*, cuyas antenas miden poco más de veinte centímetros, piensa Lucía.

Ella está a punto, entonces, de romper el silencio al interior del auto, contándole a Vestigia del *Goliathus* ese: a fin de cuentas, ella la convenció de dejar la arqueología para dedicarse a la entomología, pasión que la llevó, después, a la zoología.

Por su parte, Vestigia duda si darle las gracias a su amiga por convencerla de guardar las grabaciones de su trabajo anterior o por haberle presentado a Endometria y Cienvenida, pues las libretas de ellas resultaron esenciales.

"Hay insectos que pueden relacionar el pasado con sus experiencias presentes", dice, al final, Lucía, sin tener claro por qué: "son capaces de recordar".

Tras ese extraño exabrupto, el silencio vuelve a imponerse dentro del coche.

Afuera, mientras tanto, la tormenta continúa.

# Seis

"De eso estabas hablando", suelta Vestigia.

"¿Cómo?", responde Lucía, sorprendida por esas palabras. Entonces, a mitad de camino, Vestigia insiste: "De insectos y de ranas, de eso hablabas el día del accidente, cuando vimos las patrullas".

Es como si Vestigia necesitara un último instante de normalidad. Sonriendo, quizá porque ella también desea eso, una última conversación así, Lucía cierra los ojos e intenta recordar, encontrar en su memoria esa mañana.

Cuando finalmente encuentra aquel instante, asevera: "No, no estaba hablando de insectos, nomás de ranas". Un auto que pasa al lado de ellas las sume bajo una ola de agua. "Te estaba diciendo cómo ven el mundo", añade segundos después, pero de golpe recuerda que no, que no estaba hablándole de ranas, sino de formas de leer.

"En realidad, hablábamos de cómo leemos, ¿te acuerdas? Por lo de las libretas de Endometria y Cienvenida, porque dijiste que no podías entender lo que sentías cuando empezaste a leerlas, pero que, al leerlas, también dijiste, sentías que todo se movía, por fin, dentro de ti", lanza Lucía volviendo la mirada hacia su amiga.

"Y mira ahora… cómo acabó todo de moverse", asevera Vestigia, en cuyo rostro aparece una sonrisa que no se queda ahí más que un instante. "Mira ahora", repite tocando el claxon y volviéndose a sumir dentro de sí.

Cerrando los ojos, Lucía también se esconde en su interior. Luego nota que, con aquel nuevo silencio que está formándose, nace algo más.

Un sentimiento, no, una como opresión.

# Siete

Vestigia orilla el auto ante la puerta del edificio.

Lucía entiende, entonces, que su amiga no contempla bajar.

Nerviosa, busca qué decir, pero su amiga la adelanta, pues ella sí lo tiene claro: "Lo he pensado mucho tiempo, no es algo de hoy, lo sabes".

Así es como por fin empieza la plática que Lucía no se atreve a atajar, aunque eso querría. "Lo que me dijo sólo ha venido a confirmarlo, amiga", añade Vestigia, mirando a Lucía a los ojos y haciendo luego una pausa, para que su voz descanse.

"La oruga nace condenada a convertirse en mariposa", continúa Vestigia segundos después, jugando con la forma de hablar de Lucía o, más bien, como si de eso estuvieran hablando. No, como si así fuera ella a entender que también de eso están hablando: "es consciente de su porvenir y lo que hace, lo hace para dar lugar a su transformación".

"¿Cómo?", pregunta Lucía, fingiendo no entender. "La mariposa, en cambio, no sabe que antes fue oruga. La vida, para ella, empieza después de la crisálida. No imagina que, además de la que es, es el fantasma de un ser anterior", suma Vestigia con esa voz que una vez más se muestra al mundo herida, débil.

"No sé si te entiendo", aventura Lucía, mirando, a través del parabrisas, cómo se apacigua la tormenta. "Somos nuestro propio fantasma", susurra su amiga, que luego dice algo más, aunque ella no consigue escucharlo: "¿Qué dijiste?".

Es como si esas últimas palabras hubieran salido y no de ella, piensa Lucía antes de volver a meter su mirada en el auto.

"¿Nada que yo diga hará que cambies de idea?", pregunta entonces Lucía, contemplando el perfil de su amiga.

"No... nada... es lo que tengo que hacer", murmura, entonces, Vestigia.

Afuera, impertinentes, se escuchan los ladridos de un perro.

Adentro, en cambio, ninguna dice nada más.

# Ocho

Lloran juntas un buen rato, sin hacer ruido.

Luego, cuando la tormenta ya es un chipichipi, Lucía abre la puerta del auto.

Tiene tan pocas ganas de bajarse como Vestigia de volver el rostro hacia su amiga.

Aunque sabe que no hay nada que añadir, cuando no le queda más remedio que apearse, Lucía decide atacar la yugular de Vestigia.

"Estremecedor, imponente e inexplicable, lo que los elefantes hacen con los huesos de sus muertos", asevera Lucía, motivada por ese tono metafórico que su amiga usara antes y que, hasta entonces, siempre había sido cosa suya.

"No recuerdo a quién se lo leí, pero fue al mismo al que le leíste eso de la oruga", agrega cuando su otro pie toca el asfalto. "Recuerdo, eso sí, que él seguía: 'vuelven a esos huesos cada año, así les rinden homenaje, presentándoselos a los recién nacidos, para que jueguen con ellos, para que también ellos recuerden'", asevera poco después, recordando, al mismo tiempo, aquella vez que visitó un cementerio de elefantes.

"Justo por eso debo hacerlo", lanza Vestigia, arrancando a Lucía de su recuerdo y posando una mano sobre el asiento que su amiga ocupara hasta hace nada. "¿Qué pasaría si no encontraran esos huesos?", añade después su voz desmoronada.

Apenas escucharla, Lucía entiende que ha fallado al escoger su metáfora. Y es que quería decirle otra cosa a su amiga, se dice pensando en el hueso de elefante que conserva.

"También somos eso, Lucía, los huesos que alguien más debe encontrar", sentencia Vestigia, agarrándose la garganta; apretándose, en realidad, el cogote.

"¿En serio que no quieres pasar?", inquiere Lucía, entre desesperada y rendida, antes de suplicar: "¿estás segura... ni siquiera un ratito?".

"Hay algo más que debo hacer", dice Vestigia, señalando la boca de Lucía, que, desesperada, piensa que quizá podría intentar sobornarla.

"Y tú irás al dentista", suma Vestigia buscando algo adentro de su bolso, mientras ella dice: "Si entras te doy el hueso".

Sin prisa, Vestigia saca una ampolleta de bótox y llena su jeringa con ese líquido.

"Siempre lo quisiste", dice Lucía, desesperada: "entra y te lo regalo".

"No", responde Vestigia, tras esperar un instante.

# Nueve

Para no llorar de nuevo, cada una a lo suyo.

Lucía piensa en las piezas de barro que tiene en torno de aquel hueso.

Vestigia, por su parte, al tiempo que guarda su jeringa, se dice: ya no me tensa las cuerdas como antes.

Cada una de una cultura diferente, pero todas ilegales, robadas, sigue pensando Lucía: vaya costumbre, llevarse algo de cada excavación.

Me lo habían advertido, no serviría para siempre, sigue diciéndose Vestigia, que, entonces, como si necesitara comprobarlo, repite: "Hay algo más que debo hacer".

"¿Te refieres a él?", pregunta Lucía: "quiero decir, al niño del que hace rato hablaste", insiste aceptando la ampolleta que su amiga está entregándole. Asintiendo con la cabeza, Vestigia enciende el coche: "No tires eso donde sea".

En ese instante, sin tener claro por qué, a Lucía la asalta otra idea, una idea que, para colmo, suelta en voz alta: "Es curiosa la ausencia, cuando se anuncia". En torno del coche, el chipichipi continúa, como si nunca fuera a terminarse.

"Cuando aún está en el aire, quiero decir", suma Lucía dudando por qué está diciendo eso, qué hará con la ampolleta y por qué se aferra al auto de Vestigia: "pero la sientes, sabes que ha empezado a nacer, si no la ausencia, el sentimiento que ésta también es".

"Como si siendo doble asegurara su continuidad", añade lanzando la ampolleta al asiento y esperando a que Vestigia reaccione, pero su amiga sólo murmura: "Siempre ha sido doble... siempre ha tenido dos caras". Luego enciende las luces del auto y agrega: "es olvido o es recuerdo... pero sí, estaba hablando del niño".

"Prométeme que ayudarás a Hincapié, amiga, jura que estarás para los dos", suplica Vestigia antes de hacer rugir su auto, como queriendo ocultar la respuesta de Lucía. Teme, seguramente, que se niegue. Pero ella le dice lo que quiere escuchar, a pesar de que sus palabras se le han encajado como clavos: "Sabes que lo haré, no hace falta que lo jure... estaré ahí para ellos dos".

"¿No te parece extraño que a las crías de otros primates no les digamos bebés?", susurra Vestigia, aparentando cambiar de tema y jugando, otra vez, con las maneras de su amiga, al tiempo que le pide cerrar la puerta. Lucía, sin embargo, no le responde, pues sigue pensando en aquella otra frase: es olvido o es recuerdo.

"Tampoco entiendo que no les digamos niños", murmura Vestigia haciendo sonar de nueva cuenta el motor. "¿Sabías que cuando fallece un niño orangután, la madre limpia su cuerpo, sobre todo los dientes, los colmillos y las muelas, durante días?".

"Eso también somos, amiga, los dientes que una madre tiene que limpiar", remata Vestigia quitando el freno de mano, antes de despedirse.

Cuando el auto se marcha, Lucía se queda ahí, bajo la lluvia, un par de minutos.

Abriendo y cerrando la boca, comprueba la intensidad de su dolor.

Sí, eso también somos, se dice después, girándose.

# Diez

El camino hasta la puerta le resulta interminable. Lo recorre, Lucía, abriendo y cerrando la boca, al tiempo que masajea su quijada dolorida con tres dedos.

Instantes después, tras echar llave a la puerta, deja sus cosas en el perchero y mira su *Goliathus orientalis*, pensando en lo último que ella y Vestigia se dijeron. Repasando eso que su amiga aseveró sobre los cuerpos que se debían limpiar y aquello otro que ella dijo sobre la ausencia, Lucía lleva el enorme *Goliathus orientalis* hasta el lugar que éste habrá de ocupar.

Ahí, aunque intuye que la de ella, es decir, que la ausencia de Vestigia dejará pronto de ser sólo una idea, Lucía deja, en el instante en que también aparece su gata, que se imponga lo que había dicho su amiga: está segura de haber leído algo parecido.

Escuchando el escándalo de gritos y piares que empieza en las jaulas siempre que ella llega a su departamento, Lucía recuerda dónde leyó eso, al tiempo que va por el alpiste: en el periódico, en una noticia que hablaba de una madre que buscaba a su hija, extraviada durante el paso de un huracán.

Tras varios días, cuando esa madre finalmente encontró el cuerpo de su hija, recuerda Lucía vertiendo el alpiste en los platos diminutos de las jaulas y callando así a sus canarios, loros australianos y pericos, se pasó un montón de horas limpiándola, desenredándole las algas del pelo y quitándole, una por una, las chinches marinas.

Tengo que secarme, se dice entonces, convencida de que debe estar empapada, al tiempo que deja la bolsa de alpiste en su lugar y es la gata la que empieza a quejarse, muerta de hambre. Tras llenar su plato con croquetas, Lucía se quita el abrigo y el suéter: ¿cómo puede ser que estén secos? No, no puede ser, se dice, mirando comer a la gata y pasándose la mano por el pelo. ¿Será que no volvió a llover?

Asustada, ella atraviesa la estancia, el comedor y la sala, donde choca con la mesa de centro, que vuelca tirando todas las cosas que sostenía encima. Ahora no, se ordena Lucía ignorando aquel tiradero repentino: necesita correr las cortinas, debe asomarse a la calle. Llueve, un agua delgadita y fina, unas gotas que apenas y parecerían estar cayendo, que parecen, en realidad, suspendidas, pero llueve.

Las preguntas, entonces, floreciendo todas juntas en mitad de su temor: ¿cuánto tiempo estuve ahí, en la banqueta? ¿La dejé irse así, como si nada? ¿Será que no esperé lo suficiente?, ¿sintió Vestigia que no me importaba? ¿Debí mostrar más resistencias? ¿Me bajé de su auto antes de tiempo?

Cerrando las cortinas, Lucía intenta recuperar la compostura. No había forma de impedirlo: por más que buscara, no habría encontrado qué decirle. Nada, al menos, que ella no hubiera pensado una y otra vez y una vez más.

En la sala, recogiendo las cosas que tiró hace un instante, Lucía empieza a llorar: es ella, es su ausencia asegurando su continuidad, se dice.

Luego, se pregunta: ¿estás segura de que querías detenerla? ¿No era que entendías?

Como un reflejo, su gata pasa corriendo entre las cosas que aún siguen tiradas.

Mandarina, así se llama esta gata, así la bautizaron Vestigia e Hincapié.

¿Por qué le habrán cambiado el nombre?, se pregunta Lucía.

La muela, entonces, vuelve a castigarla, violenta.

# Once

Lucía traga el analgésico a pelo, con pura baba.

Luego acaba de recoger las cosas tiradas y siente, de golpe, que algo la aplasta.

Mirando su colección de piezas expoliadas, ella intenta liberarse de esa cosa que la aplasta y que no sabe qué es.

Fijando su atención en la única pieza que no robó, la que Hincapié le requisó a un aparecido que le tocó asistir, Lucía piensa: es ella, es su ausencia.

Está tratando de metérseme, añade para sí misma, instantes después, tomando la figura que Hincapié le regaló y que ahora, de repente, le parece un mal augurio. No, Vestigia, yo no quería ni podía detenerte.

Por supuesto que te entiendo, añade Lucía, también para sí, llegando a la ventana, abriéndola y lanzando, hacia la calle, la pieza esa que Hincapié le regalara. La fuerza que la estruja, sin embargo, sigue ahí y ella se ve obligada a sentarse.

Aquí estuviste durmiendo, piensa acariciando el sillón, al tiempo que su gata se mete debajo. Mirando el color de la tela, aunque también puede ser que quiera pensar en otra cosa, Lucía se acuerda de una playa a la que iba de pequeña, con su madre y su padre —son poquísimos los recuerdos que tiene de él.

Llegaban en auto hasta la bahía y ahí tomaban la lancha que los cruzaba al otro lado, donde estaba la enramada en la que ellas se quedaban, porque él siempre volvía a la ciudad.

De pronto, tras cruzar la playa, Lucía está en la frontera del agua y la tierra, sobre una arena fina que va enterrándole los pies, poco a poco, tras cada ola.

Sentir eso, que se está transformando en raíz, la calma. Hasta que vuelve a recordar que su padre siempre se iba y piensa que así también funciona la ausencia, como ese oleaje que la está convirtiendo en algo más. "Es olvido o es recuerdo": las palabras de su amiga como un golpe, exigiéndole, además, una respuesta: te hablé de ella porque creí que sería falsa, se dice Lucía: nunca imaginé esto, quería que fuera otra charlatana.

Te llevé ahí porque pensé que no encontrarías, que deberías seguir buscando, pero parece que encontraste y ahora deberé dar forma a tu ausencia, sigue Lucía, al tiempo que se soba la quijada, pues su muela ha empezado a destemplarle incluso el hueso. No, amiga, no serás olvido, remata viendo todo eso que devolvió a la mesa hace un momento —qué pocas cosas hacen falta para echarnos en cara quiénes somos.

Frente a Lucía están estos objetos: el bordado en el que aparece cavando o rastrillando con otras tres mujeres, un trozo de maqueta funeraria, la varilla que Justo le regaló, la primera jeringuilla de Vestigia, una serpiente *comca'ac* de palo fierro y el retrato de su madre. En el pie izquierdo, siente que algo se le enreda.

Es la cola de su gata, que juega debajo del sillón, mientras ella contempla el retrato de su madre. "No te dejo sola", le dijo hace un montón de años: "sé que un día lo entenderás", añadió su madre aquella, la última vez que se vieron.

Sacudiendo la cabeza, Lucía recuerda ese momento igual que siempre: como el que dio forma a su vida, pues lo último que su madre dijo fue: "La respuesta está en lo de antes".

Sonriendo un breve instante, recuerda sus días como arqueóloga. Luego, recordando cómo dejó esa profesión, se ordena volver a donde está.

En el sillón la castiga, entonces, una última punzada de su muela.

Justo en ese instante, Lucía escucha el sonido del teléfono.

Seguro es Justo, se dice: no podría ser nadie más.

Bostezando, decide que no quiere contestar.

"Pareciera claro que los murciélagos son ciegos, que no ven absolutamente nada. Esos mamíferos nocturnos, sin embargo, cuentan con un radar biológico que hace posible que se desplacen hasta en la más cerrada oscuridad, emitiendo sonidos que vuelven a ellos, a sus oídos perfectos, tras mapear el entorno en que se encuentran. En realidad, quiero decir, no es que estén ciegos, pues, aunque sus ojos no ven, ven con los oídos, como hacemos nosotros al escuchar una historia y como deberíamos hacer cuando la estamos contando".

LUCÍA, en conversación con VESTIGIA

# Interludio

# I

Dado que Justo está de vuelta, también lo está esta voz en su forma más intrusiva.

Pero no habremos de estar aquí, ni Justo ni esta forma de esta voz, más que el tiempo necesario para cumplir con lo que toca.

En esta situación, sin embargo, no sólo estamos esta forma de esta voz y Justo, pues se trata del momento en el que él y Lucía entrecruzan, irremediablemente, sus historias, impactando, además, la de Vestigia.

Se trata de una situación, valga aclararlo, que tiene lugar antes de lo que aquí se ha venido contando pero después del accidente con el que todo comenzara.

Quedémonos, entonces, ahora, con Justo y con Lucía, en ese otro momento.

# II

Las luminarias fluorescentes emblanquecen lo que tocan.

Como si flotara un vapor de leche, al interior del espacio en el que ahora estamos, todo parece estar perdiendo intensidad.

Ni el azul de las paredes ni el plateado de las bancas ni el verde pistache del mostrador ni las pieles de Justo y de Lucía son del color que suelen ser.

Están, Justo y Lucía, que ya sabemos que es quien tratará, hasta el último instante, de deshacer el nudo de esta historia, en la sala de espera de la clínica en la que Endometria y Cienvenida llevan a cabo sus rehabilitaciones, tras el accidente que sufrieron.

De ese accidente, en el que fallecieron el chofer de la camioneta, dos buscadoras y el par de hombres que aparecieron en medio de la calle, apenas queda este recuerdo: los cuerpos de Endometria y Cienvenida, esforzándose por ser lo que fueron.

Es ahí, mientras esperan a que Endometria y Cienvenida terminen su sesión para llevarlas a sus casas, donde Justo finalmente se decide.

"Me gustaría invitarte a comer, Lucía", asevera Justo de repente, rompiendo el silencio.

"¿Hoy?", responde ella, a quien la pregunta ha descolocado.

Tras dudar un instante, él dice: "Hoy, claro".

# III

Justo y Lucía no vuelven a hablar hasta una hora más tarde. En realidad, hasta dejar en sus casas a Cienvenida y a Endometria, quienes, ya debe haber quedado claro, son algo así como las sombras de este relato. "¿Qué se te antoja?", le pregunta Justo —a pesar de su intermitencia, será él quien al final deshaga el nudo de la historia— a Lucía, en cuanto abordan el coche que Vestigia les presta cada vez que Endometria y Cienvenida deben ir a su terapia.

"Qué duras son mis amigas… quiero decir, qué duro debe ser para Endometria y Cienvenida", suelta ella, contemplando, a través de la ventana del coche, la puerta de madera de la vecindad que acababan de dejar. Luego, como volviendo al interior del auto y al instante en el que están, añade: "Me da lo mismo… lo que tú quieras".

"Durísimo, que alguien te falte así, hace que sientas que tú también faltas o que falta todo lo demás, que lo único que no falta es el agujero de la ausencia", asevera él, convencido de que Lucía no está hablando del accidente: "Si te parece bien, podemos ir a mi casa", agrega Justo encendiendo el auto y bajando el vidrio de la ventana.

"Siempre que veo una película, imagino que uno de sus personajes, el que más ha llamado mi atención, desaparece a la mitad, para intentar entenderlas", suelta Lucía, antes de responder a eso otro que sigue en el aire: "Está bien, lo de tu casa".

"Cuando leo, hago lo mismo, imagino que un protagonista o un pedazo de la historia deja de estar, de pronto, y pienso en ellas, aunque sé que no es lo mismo", responde Justo, acelerando.

"Cuando alguien te falta, tú también desapareces, aunque sea de otra manera", asegura Lucía, tras un silencio hondo y pesado.

"Como si te volvieras la ausencia del que ya no está", completa Justo, sin dejar de ver la calle.

"Si se pudiera ver dentro de la gente, ¿qué crees que veríamos?", pregunta él.

En la avenida, mientras avanzan, apenas se cruzan con más coches.

"Veríamos un paisaje… o igual un animal", suelta ella.

Todos los semáforos les tocan en verde.

# IV

Justo duda ante la puerta de su casa.

No recuerda cuándo fue la última vez que invitó a alguien.

Durante un par de segundos, el silencio en que estuvieron sumidos la última media hora se torna aún más pesado.

"Hay aves que, antes de mostrarle a quien pretende el nido que están construyendo, lo deshacen y lo vuelven a hacer un montón de veces", dice Lucía, sonriendo.

Entonces, intentando recular o arrepintiéndose, más bien, de esas palabras que no sabe por qué acaba de decir ni sabe cuánto emocionan a Justo, ella busca escapar: "Algunas de esas aves rehacen tantas veces su nido que nunca lo terminan".

"Tendrás que perdonar el tiradero", asevera él, en quien la emoción de hace un instante se ha convertido, igual de pronto, en decepción, abriendo la puerta y dejando pasar a Lucía, que, nerviosa, sigue en lo suyo: "Se pasan la vida trabajando, esas aves... cambiando una vara por otra, una pelusa por otra, un grumo de barro por otro".

"Al final, además de trabajando, se pasan toda la vida solas", remata ella antes de callar, conmocionada: no imaginó la casa de Justo, pero si lo hubiera intentado no habría podido: el espacio que tiene delante es asombroso, huele a tiempo atrapado.

"Son de mi otro trabajo", explica él, recuperando la emoción, al ver que Lucía sonríe, pierde el hilo de su discurso y acaricia, con los ojos, una de las escenas de barro que él tiene ahí, en la entrada.

Sabía, ella, que Justo hacía lápidas, urnas y esculturas, pero no que también hiciera eso: "Amo las maquetas funerarias", asevera ella y el corazón de Justo se dispara.

"Creo que así se llevan un pedazo", dice él: "es lo que hacían antes, darles algo inmune al tiempo", añade y el corazón de ella también se acelera.

Qué poco saben el uno del otro y qué pocas ganas sienten, de repente, en este instante, de seguir hablando.

Tras otro silencio incómodo, lento y erizado, Justo le acerca una silla a Lucía.

Ninguno aguanta, sin embargo, mucho tiempo sentado.

De pronto brincan uno sobre el otro.

# V

Recogiendo su ropa, sienten cosas opuestas.

La habían ido dejando por todas partes, así que a Lucía le cuesta dar con su camiseta.

La encuentra, finalmente, detrás de un par de bultos de tierra que hay en el pasillo. No debí dejar que pasara esto, se dice ella.

Viéndola ponerse su camiseta, Justo piensa, en cambio, que no querría que eso dejara de pasar. Para no decirlo, para no cometer ese error, prefiere interponerse entre Lucía y la pregunta que su rostro pareciera anunciar, mientras ve los bultos de tierra.

"Es de las fosas... la tierra que podía juntar los fines de semana, cuando aún salíamos con ellas", asegura él y ella, sorprendida, confirma algo que siempre intuyó y que ahora la hace constatar que aquello no ha sido buena idea: ese hombre puede ver en su interior.

"Para las maquetas... creo que así se tocan la ausencia y la presencia", dice Justo convencido de que, por primera vez en su vida, alguien se asomó adentro suyo, que Lucía se le ha metido y que, por eso, su ser también será de ella: "¿Qué paisaje viste? ¿O fue un animal?".

Aunque lo único que quiere es marcharse, ella, que tras esta tarde dará, casi siempre, con un pretexto para evitar a Justo, vuelve, sin tener claro por qué, a sentarse en la silla de hace rato, pero no responde a la pregunta que recién le han lanzado.

¿Qué paisaje, qué animal habrá dentro de mí?, se pregunta Lucía cerrando los ojos, pero no logra responderse. Por más que busca, no ve más que un vacío blanco.

"¿En qué piensas?", pregunta él tras un instante. Nerviosa, ella lanza la primera mentira que le pasa por la mente: "En Vestigia".

"Hablando de ella, confío en una vidente", dice Justo agarrando una varilla: "puedo hablarle de ustedes".

Viendo el metal con el que Justo juega, ella le pregunta cómo hace eso que él hace.

Justo, que ahora se siente seguro, intenta explicarse y le regala una varilla.

"Es más sencillo de lo que parece... voy clavando y oliendo".

"A veces huele a muerte vieja, a veces a nueva".

En las ventanas, la luz cambia de color.

# VI

Cuando Justo termina de hablar, vuelve el silencio. "Igual sí quiero que le hables de nosotras", dice Lucía: "a tu vidente".

Sonriendo, él afirma con la cabeza, mientras envuelve en periódico la varilla que recién le regaló a ella: "Además, es anticipadora".

Tras otro silencio aún más hondo y, si se puede, más pesado, Lucía lanza: "Los caballos también pueden oler la putrefacción, aunque no necesitan varilla alguna".

"Y no sólo huelen la muerte, son capaces también de oler la vida", añade ella, levantándose. Ahora sí ha decidido macharse. No habrá de quedarse a comer: "El agua, quiero decir... los caballos pueden olerla, aún enterrada a varios metros".

Sorprendido, al escuchar eso que ella acaba de decir, pero también al verla levantarse de la silla y al sentir, por eso, que su interior seguirá siendo un paisaje inexplorado, Justo le sonríe a Lucía y le pregunta qué le gustaría que cocinara.

Entonces, ante el silencio de ella, Justo asevera: "Los caballos nomás tienen memoria olfativa... es como si en ellos sólo recordara la nariz".

"Perdón... lo siento", se disculpa Lucía, tomando la varilla y apresurándose a la puerta.

Sin decir nada más, ella se marcha de casa de Justo, que ni siquiera se levanta.

En el vano, la luz del día como la baba de otra luminaria fluorescente.

Los colores parecen perder, aquí también, su intensidad.

# VII

Así colapsa la situación de Justo y Lucía.

Y como no es momento de la del niño, quien por fin está en la habitación C-002, ni de la de Vestigia y Lucía, nos queda volver a la de Hincapié y Vestigia.

Pero, una vez más, no volveremos con Hincapié y Vestigia en este instante en el que estamos, sino en el que ellos dos estaban, es decir, la mañana siguiente a su último encuentro, que es, además, la mañana en la que el Niño también entrecruzará su historia con la de Hincapié.

Ahora bien, como ésta parece una historia de desapariciones, acá desaparece, otra vez, esta forma de esta voz, aunque no sea para siempre.

Y es que esta historia también va de retornos y regresos.

# Segunda parte

"Entre estos paisajes el alma vaga,
desaparece, regresa, se acerca, se aleja,
extraña para sí misma, inasible,
una vez segura, otra insegura, de su existencia,
mientras que el cuerpo está y está y está
y no tiene dónde meterse".

WISLAWA SZYMBORSKA,
*Hombres en el puente*


"Pensar que hubiera otra vida detrás de ésta,
y que la nuestra fuera de hecho el espacio tranquilizador
en el que los de aquélla se recuperan".

ELIAS CANETTI,
*La provincia del hombre*

# Hincapié y Vestigia

# Uno

Otra vez, Hincapié despierta buscando a Vestigia.

Tras revisar el baño, se dirige al cuarto: ella tampoco está ahí.

Instantes antes de que el miedo se le agarre al espinazo, observa su libreta. ¿Qué hace ahí, así, sobre la mesa? Ella le dejó un recado a él: *Me paré antes del amanecer y no quise despertarte. Disculpa que anoche me encerrara. Quería que todo fuera diferente, amor, te lo juro. No pienses que, si no fue así, fue por algo que tú dijeras. Las cosas son más complicadas.*

*Digo, me molestó que una vez más confundieras mis esperanzas con desesperación. Si he decidido volver con la vidente, Hincapié, es tan sólo porque no he encontrado ninguna opción mejor. Alguien como tú debería saberlo: a los que llegamos de repente, todo lo demás nos ha fallado.*

El ladrido de Herencia, parado ante la puerta de la cocina, lo sobresalta. Sin soltar la libreta que su mano levantara de la mesa, se acerca al perro. Entonces, con la mano que tiene libre, le acaricia la cabeza y luego empuja la hoja de madera, aseverando: "Tampoco está aquí". Inmune a sus palabras, Herencia entra en la cocina, olfateando.

La decepción del animal, que ahora se dirige, chillando, al cuarto de la televisión, se clava en Hincapié como una espina. Lo que sentía se revuelca una vez más. No sabe si está enojado o asustado, si quiere o si odia a Vestigia, si debe impedir que vaya a ver a esa vidente o dejarla seguir con toda esa locura y menos aún si ella estará en casa de Lucía o en algún otro lugar. Por no saber, no sabe nada.

Herencia vuelve derrotado del cuarto de la televisión. Tras quejarse, clava la cabeza entre las piernas de él y, luego, se talla ahí el hocico. Con la mano que todavía tiene libre, Hincapié, que al menos sabe qué está pidiéndole su perro, le rasca los párpados: es un animal viejo; en sus ojos, cada que despierta, cristalizan las lagañas.

Afuera, recién ha amanecido. "Te lo dije, ella no está aquí", repite él. Luego, no sabe si mintiéndole al perro o mintiéndose a sí mismo, añade, sonriendo y sin tener claro por qué: "seguro está en casa de Lucía".

"Siempre me ha parecido raro que los niños nazcan sabiendo llorar, mientras que a reír tengamos que enseñarles", recuerda que le dijo Lucía la última vez que se vieron.

"¿Qué crees que diga eso de nosotros, Hincapié?", le preguntó poco después, aquella última vez que estuvo ahí.

Él, sin embargo, ahora no quiere pensar en Lucía ni en sus palabras.

Pero tampoco querría pensar en Vestigia.

# Dos

Vestigia estaciona el auto un par de cuadras antes. Necesita hablar con Endometria y Cienvenida, aunque no tiene ni idea de cómo habrá de hacerlo.

Ayer, en su estación, mientras las otras funcionarias comían, revisó de nuevo los fragmentos que copió de sus libretas, mientras oía las grabaciones de su trabajo anterior. Justo entonces creyó haber entendido o, más bien, su decisión cristalizó.

Por eso, se dice apagando el coche, salió de casa tan temprano: tenía que darle tiempo de pasar a despedirse y dar las gracias. Pero ¿cómo va a hacer eso? ¿Cómo va a explicarles que lo que ellas sienten tiene un revés? ¿Cómo va a contarles que ese hueco, el vacío en el que viven, tiene otro lado?

No quiere que le pase lo mismo que con Hincapié: que las palabras y los sentimientos se le enreden cuando empiece a hablar ante Endometria y Cienvenida, cuando trate de explicarse en esa casa. Qué difícil fue la noche de anoche, por cierto. Y qué fácil parecía por la tarde. ¿Por dónde debe empezar para que no pase lo mismo? Eso, se dice Vestigia, debe volver a sus libretas, al segundo en el que tuve claro qué habría de decirles.

Apurada, gira el cuerpo hacia el asiento del copiloto y busca dentro de su bolsa, hasta dar con su libreta. El golpe, apenas la abre, es demoledor: no es la suya, no es la libreta en la que ha ido escribiendo todo lo que ha ido entendiendo y planeando, lo que la ha traído, pues, hasta este día en que se encuentra.

*Creen que su memoria volverá, aunque no se sepa de ninguno que, en efecto, haya recordado. Esa necesidad de pasado bloquea su futuro y hace que su presente esté siempre fracturado. Por eso se aferran a la espera y por eso la desesperación los condena a cualquier forma de esperanza.*

La que tiene entre las manos es la libreta de Hincapié, la que ella le regaló para que usara en su trabajo, pues quería creer que, si él empezaba a escribir, no necesitaría andarle contando. Las confundió en la mañana, por la prisa o la penumbra.

El estómago de Vestigia da un vuelco más, al igual que su coraje: cómo pudo ser así de estúpida, cómo pudo equivocarse con algo trascendente a tal punto.

Más allá del parabrisas, mira el laurel donde quedaba con Endometria y Cienvenida, antes del accidente que precipitó, entre otras cosas, lo del aborto.

De golpe, entiende que no volverá a verlas, que era esta mañana o nunca más.

Conteniendo el llanto, enciende el coche y arranca.

# Tres

En el espacio, la luz se sigue hinchando.

Mientras espera a que suba el café, Hincapié vuelve al recado de Vestigia.

*Por eso, porque todo lo demás nos ha fallado, es que nuestra búsqueda puede parecer desesperada, pero es todo lo contrario.*

*Pero esto no es lo que quería escribirte, amor. Además de disculparme por haberme encerrado y decirte que no pude decirte todo lo demás que te querría haber dicho y que espero compartirte por correo, quería contarte algo más importante.*

*Se trata de algo, Hincapié, que no esperaba que pasara y que, sin embargo, me hizo feliz por un momento, porque me hizo sentir como sólo tú me has hecho sentir: ayer, a media tarde, en la fila del trabajo, apareció un niño diferente a todos los demás. No sé por qué supe que era diferente, pero créeme que lo era.*

*Lo que sí sé es que, como te digo, él me hizo sentir algo que sólo tú me has hecho sentir y que, por eso, pensé que él y tú tendrían que estar juntos. Entonces sentí unas ganas locas de llevármelo, de sacarlo del complejo y de traerlo acá a la casa. Descubrí, sorprendida, que me desbordaba un sentimiento irracional por quererlo a él como te he querido a ti.* Tras leer estas palabras, Hincapié lanza la libreta contra la pared.

Instantes después, golpea la cafetera y patea la silla que estaba a su lado, mientras Herencia, igual a consecuencia de un recuerdo antiguo, se encoge, asustado, en el rincón. Mirando el miedo de su perro, él se lleva las manos al rostro, formando un cuenco que lo esconde del mundo. Y grita, grita con todas sus fuerzas.

Cuando la rabia de sus músculos, aunque no la de su mente, se apacigua, abandona la cocina, atraviesa el comedor y llega hasta la sala, donde está su computadora. *Me ha costado un huevo y medio aceptarnos solos a ti y a mí, después de todo y tanto, para que ahora me salgas con esto,* escribe.

*No puedo creer que quieras traer un niño a casa, tras haberle negado la existencia al que era nuestro,* añade, rabiando. *Y ya que estamos, tampoco puedo creer que sigas creyendo que una vidente o bruja o médium podría servirte de algo.*

*Pensé que eras más inteligente, aunque, visto lo visto, no sé qué me llevaría a pensar eso,* remata cuando Herencia le apoya el hocico sobre el muslo.

Ese gesto de su perro cambia su humor de golpe, pero aun así decide enviar el correo.

Luego, tras levantarse, buscan la pelota y se encaminan a la puerta.

En las ventanas, el gris de otro día nublado.

# Cuatro

Sobre el parabrisas, las gotas ni estallan. La lluvia parece caer a chorros, como si la estuvieran aventando a cubetazos.

Por suerte, a Vestigia sólo le faltan tres o cuatro cuadras para llegar al complejo. Hoy no tenía pensado ir, pero despertó acordándose del niño.

Y ahora debe planear cómo hacer eso que añadió a las tareas de su jornada. No debe salirle como las últimas cosas que intentó. Ni igual de mal que la noche con Hincapié ni tan mal como su despedida de Endometria y Cienvenida.

Tiene que calmarse, necesita concentrarse, se dice mientras estaciona el coche. No puede cometer ningún error, no debe, por ejemplo, tomar una libreta pensando que es otra. Chingada madre, piensa: tampoco había reparado en eso. Pero claro, si ella tiene la libreta de Hincapié, Hincapié tiene la suya.

No cree, sin embargo, que él vaya a darse cuenta, porque no cree que vaya a leer nada más que el recado que le dejó. Además, no suele llevársela al trabajo. Sólo usa su libreta cuando vuelve, piensa. Y esta noche tiene turno vespertino, así que ella podrá cambiarlas sin que él se entere. Qué lástima no haberle dicho todo lo que querría haberle dicho, se dice Vestigia, una vez más, cuando se baja del auto.

Le habría gustado que todo terminara diferente, la verdad, piensa echando a correr sobre el asfalto, bajo un aguacero que la obliga, además, a brincar encima de los charcos. Aunque no son más de treinta metros los que la separan de la puerta, llega ahí empapada y triste: qué mierda no haber sido clara.

Antes de entrar, sacudiéndose el pelo, Vestigia recuerda que aún tiene el paraguas de Lucía. Entonces piensa en su amiga y en Justo. Es así como constata que no está consiguiendo concentrarse: Piensa en lo importante, se reclama.

¿Y si Hincapié sí se da cuenta? ¿Si lee todo lo demás que ha escrito en su libreta? Un escalofrío recorre el espinazo de Vestigia, desde la nuca hasta el coxis.

¿Qué si descubre que conservó las grabaciones de la línea de ayuda a aparecidos? Como un relámpago, el recuerdo de una conversación con Lucía.

Y ¿qué si descubre lo que ella querría pero que no ha podido contarle?

Sería peor que si lo hubiera confesado.

# Cinco

Hincapié y Herencia suben la escalera empapados.

En cuanto entran en el departamento, el perro corre al sillón de la sala, le brinca encima y se revuelca, secándose con esa tela azul marino.

Sonriendo, él se dirige al baño, donde se seca la cabeza con una toalla color mamey y echa, dentro de la tina, su chamarra empapada. Junto al sitio en que esa prenda cae, yacen los restos de una ampolleta de ella.

En la cocina, donde entra para alzar el tiradero, Hincapié toma la libreta y la sacude. Aunque no querría hacerlo, pues se había prometido no pensar más en Vestigia, descubre que es incapaz de no leer el resto del recado que ella le dejó esa mañana.

*Luego entendí, amor, que esas ganas que sentí no estaban dirigidas a ese niño, sino a algo que venía junto con él. Y es que él, a diferencia de los demás, parecía traer adherido el lugar del que yo también llegué. Como si, por no hablar, porque el niño ese no hablaba, mantuviera consigo algo de allá,* lee acomodando la silla.

Sentándose ahí, sigue leyendo: *Así fue como acabé de entenderlo. Además de a ti, sólo puedo querer lo que tuve... además de por ti, amor, sólo tengo sentimientos por lo que fue. Por eso me siento así y por eso digo que nada de esto empezó con el accidente ni con el aborto que entonces debí decidir abruptamente ni con algo que sea un hecho concreto, sino que empezó desde el principio mismo y tiene que ver con algo tan poco concreto como mi origen.*

*Pero nada de esto, insisto, era lo que quería decirte acá. O, más bien, lo que realmente quería decirte, Hincapié. Lo que quería dejar anotado en esta hoja era esto otro: te agradezco por todo lo que me has dado en estos años, desde el primer día hasta el último. Te quiero como nunca pensé que me fuera posible querer a alguien.*

Soltando la libreta encima de la mesa, Hincapié forma un nuevo cuenco con sus manos y otra vez se cubre el rostro. Esta vez, sin embargo, no es un grito de rabia el que lo desborda, sino un llanto apenas perceptible, pero no por eso menos hondo.

No va a dejarme… está dejándome, se dice mientras su cuerpo intenta contener ese sentimiento: no, tampoco está dejándome… ya lo ha hecho.

Al levantarse de la silla, nota que sus músculos parecen de concreto: está agotado, emocionalmente destruido.

En la cama, apenas y consigue llamar a su perro.

# Seis

Por un momento, Vestigia duda si debe volver.

No puede hacerlo, podría encontrarse a Hincapié, se dice dentro del complejo.

Así que ni pensarlo, se ordena apretando los dientes. O pensarlo, si no consigue evitarlo, de este otro modo: tampoco sería tan diferente.

De lo que Vestigia quiere convencerse es de que tampoco sería tan diferente que él se enterara de sus planes leyéndolos o escuchándolos de viva voz. Sabe, sin embargo, que se está justificando.

Porque una cosa es que lea las transcripciones de los demás aparecidos o los fragmentos que ella ha copiado de los testimonios recogidos por Endometria y Cienvenida y otra que se entere de lo que ella piensa hacer. Si no se atrevió a decirle nada, por temor a su dolor, cómo será ese otro dolor, se pregunta apurando sus pasos.

Peor aún, añade: una cosa es que él descubra que mi obsesión con la gente que aparece aquí y con las personas que así desaparecen me ha empujado hasta esta decisión, y otra distinta es que descubra que esa decisión, que para colmo va a acabar de partirnos, me obliga a actuar hoy... no quiero que intente detenerme... no puedo dejar que lea mi libreta.

Tampoco puedo impedirlo, sigue ella para sí, cuando llega a su estación. Quizá, de hecho, sería mejor, se engaña: eso es, que la lea y que entienda eso que a ella le costó tanto... si lo entiende, no intentará detenerme: no sólo hay dos formas de desaparecer, también hay dos tipos de desaparecidos: los que eran de aquí y ésos que, como ella, aquí nomás aparecieron.

Interrumpiendo el hilo de pensamiento de Vestigia, los altavoces anuncian que es hora de abrir las ventanillas. Mejor, se dice, al tiempo que, como un destello, la atraviesa este otro deseo: ojalá entienda que podemos ser una respuesta y no sólo una pregunta.

Ojalá comprenda que desaparecer puede ser necesidad y no tan sólo consecuencia, insiste segundos después. Y aunque querría seguir pensando en eso, ante ella se presenta la primera niña que debe censar esta mañana.

Una mañana que transcurrirá igual que tantas otras y que no terminará hasta que no suenen los altavoces del galpón, anunciando la hora de comer.

Durante un rato, eso sí, pensando en el niño, ella conseguirá olvidarse de todo.

Sobre el galpón, mientras tanto, la tormenta.

# Siete

Hincapié se despierta varias horas después.

Ha dormido tan profundo que le cuesta recordar qué sucedió, qué lo llevó de vuelta hasta su cama, por qué está ahí.

Como un cuerpo que emerge de la niebla, las horas previas se le presentan todas juntas, a tan sólo unos centímetros del rostro. Como puede, se levanta y se dirige hasta la sala: necesita revisar su computadora.

Está seguro de que Vestigia debe haber contestado. El correo que mandó, sin embargo, no ha obtenido respuesta; es incapaz de imaginar que ella decidió no leerlo, tras encender su computadora. La ira, de golpe, regresa a Hincapié, aunque después, también de golpe, se convierte en angustia y, luego, en temor.

Era verdad, ella lo ha dejado. Aunque no... igual y no. Quizá su recado no dijera eso, quizá él lo entendió mal. Levantándose, Hincapié apura su andar a la cocina, donde busca, encuentra y abre la libreta. Antes de dar con el recado, se da cuenta de que aquélla no es su letra. No... no es su libreta, ella debió confundirlas hace un rato. Como un golpe, las ganas de revisar el mundo que ella ha escrito ahí, a ver si así encuentra algo.

*Sé que tengo que buscar, que no se trata de recordar, pero el temor a estar en el centro, el miedo a ser yo misma la pregunta y la respuesta, me paraliza. ¿Puede no estarme llamando mi pasado? ¿Puede ser que mi futuro sea el que me reclama? ¿Que mi presente sea vacío en algún otro sitio?* Las palabras, como tajos.

*¿Hay alguien buscándome en el lugar del que me fui? ¿Mi futuro es mi pasado?* A Hincapié no sólo lo lastima lo que lee, también saber que ha leído algo que no fue escrito para él. Cerrando la libreta, decide no continuar.

A fin de cuentas, no necesita leer de nuevo el recado ni eso otro que ella escribió en su libreta, pues anoche vino a despedirse. Todo ha terminado.

Jalando una lenta bocanada interminable, no sabe si quiere continuar o que le estallen los pulmones, se levanta.

Se ha hecho tarde y no puede faltar de nueva cuenta a su trabajo.

Contra los vidrios y los muros, el aguacero.

# Ocho

Cuando los altavoces anuncian el receso, Vestigia sonríe.

No volverá ni al rato ni nunca más. Las últimas horas le han devuelto la calma. Le resta asegurarse de que su plan no tenga fallos: esta noche no puede cometer ningún error.

Antes de ir al laberinto de pasillos que lleva a las habitaciones —recuerda esa parte del complejo pues allí está el *call center* de apoyo a aparecidos en el que trabajó—, ella decide escribirle a Hincapié, sin leer el último correo que él ha enviado.

*Amor, me gustaría poder decirte mucho más, tanto como me gustaría que ayer no nos hubiéramos dicho absolutamente nada. Que nos hubiéramos abrazado y que así nos hubiéramos dormido. Igual, voy a intentar dejar lo más claro que pueda lo que siento: no te merezco, nunca te merecí. O, más bien, nunca me mereciste.*

*Lo digo porque no te merecías mi obsesión. Nunca debí quitarte el futuro que, previo a mí, era tuyo. "¿Y si el lugar de la aparición es el sitio de la desaparición?", esto fue lo que me preguntó la vidente, la primera vez que la vi. Sí, ya he estado en su casa: "¿y si al que debe irse es al lugar del que se viene?". Por eso también tomé la decisión que tomé —asumo que leíste mi libreta— y que, mira por dónde, ahora descubro que son dos decisiones.*

*Digo que son dos decisiones, Hincapié, porque lo que he decidido tendrá, en realidad, dos consecuencias. Una de éstas tiene que ver conmigo, mientras que la otra tendrá que ver contigo. Ambas consecuencias, eso sí, tienen que ver con nosotros, aunque no sólo, porque ambas tienen que ver con los demás.*

*Al principio, pensarás que fui egoísta y que sólo una consecuencia tenía que ver con los demás, pero el tiempo hará lo suyo, a su ritmo, que es más lento que el nuestro. Y entenderás. Entenderás y, tal vez, encontrarás cómo perdonarme.*

En cuanto manda el correo, ella apaga su computadora. Entonces, con el corazón latiéndole incontenible, toma su bolsa y se encamina hacia el pasillo.

Media hora después, habiendo guardado en su mente el recorrido, saldrá apurada y se dirigirá a su auto, para no llegar tarde con Lucía.

Y, una hora más tarde, entrará de nuevo en casa de la vidente.

# El niño y Vestigia

# Uno

La habitación C-002 nunca está llena.

A diferencia de las otras, en ésta sólo entran menores.

Hoy hay nueve niños y seis niñas, además de él, que llegó hace un par de horas y que, para diferenciarlo de los otros, a partir de aquí será el Niño.

En torno del Niño, desde hace rato, instantes después de que entrara en esta habitación, se juntaron la mayoría de niños y niñas más pequeños, como atraídos por una fuerza gravitacional que, sin embargo, no tuvo influjo en los más grandes.

Ellos, los más grandes, que son también los que más días han pasado en la habitación C-002, permanecen en una esquina, mirando desconfiados lo que sucede en el centro de este espacio, donde el Niño mantiene embobados a los otros, gracias a los trucos que justo ahora está llevando a cabo.

La verdad, sin embargo, no es ésta, pues el Niño ni siquiera fue el primero en hacer esos trucos. Él sólo siguió una corriente cuyo manar nació en las manos de esa otra pequeña que está sentada a su izquierda y que fue la primera que sintió el deseo de darle algo, tras habérsele acercado. La verdad, pues, es que antes aún de estos trucos, lo que atrajo a los otros fueron los ojos y la sonrisa, la tranquilidad y el silencio del Niño.

Sobre todo, su tranquilidad y su silencio, su no haber hecho nada o, más bien, no haber dicho nada tras cruzar la puerta y entrar en esta habitación; su no haber intentado presentarse ni haberle preguntado su nombre a nadie más, menos aún sus historias; su no haberles recordado que no saben, que no recuerdan, que ninguno desea, en realidad, saber que no recuerda. Eso y no otra cosa hizo que ellos se acercaran.

Y es lo que ahora hace que atiendan, casi riendo, la metamorfosis de los trucos del Niño, quien, de pronto, hace aparecer las cosas que antes simuló desaparecer: ya no busca sorprenderlos, ahora quiere divertirlos, conseguir, por un momento, que no importe el vacío de sus memorias ni los sitios que dejaron.

Las carcajadas de estos niños y estas niñas son, sin embargo, las que, al final, no toleran un segundo más los grandes, que dejando su rincón se acercan hasta el círculo que habían formado los menores y lo destruyen, violentamente.

El Niño no entiende qué está pasando, por qué lo golpean así, para qué lo siguen pateando, de dónde sale aquella saña.

No lo entiende, pero lo entenderá.

# Dos.

Luego de varios minutos, dejan de patearlo.

Adolorido, visiblemente lastimado, el Niño busca comprender qué ha sucedido.

Los demás niños pequeños, quienes se habían apiñonado en torno suyo, se desbandaron y ahora yacen regados por la habitación.

Ninguno de ellos se atreve a acercarse otra vez al Niño. Parecieran, de hecho, esforzarse para darle la espalda. No es que no quieran mirarlo, piensa él, es que no pueden dejar que los más grandes los descubran.

Por su parte, los más grandes, cuando el Niño al fin consigue ponerse nuevamente en pie, echan a reír, preguntándole qué siente ahora, quién se cree entonces que es, qué otra cosa piensa hacer aparecer, qué más quiere decirles. Es esta última pulla —qué más quiere decirles— la que lo hace caer en cuenta.

Hace un momento, mientras reía, dejándose llevar por la emoción de los demás o dejando, más bien, que la emoción se apoderara de su cuerpo, el Niño hiló algunas palabras. Y así fue como resquebrajó aquello que lo unía a los que estaba divirtiendo, al tiempo que hacía enfurecer a los más grandes y que se sorprendía a sí mismo, aunque apenas ahora lo entienda y aunque no sabría explicar por qué.

Los golpes encajados no son lo que le duele, como tampoco son los insultos, unos insultos que apenas ahora cejan, los que lo hieren. Lo que de pronto lo abre en canal, lo que agrieta la sensibilidad del Niño es el recuerdo de sus propias palabras. Lo que lo lastima es el eco de esa frase que pronunció hace apenas un momento; su eco, pero no su contenido, pues éste podría haber sido cualquier otro.

¿Eso fue lo que pasó?, ¿las palabras?, se pregunta el Niño. Lo peor de todo es que su intuición había querido protegerlo, escondiéndolas. No pudo ser nada más: las palabras vueltas cosas o nudos entre cosas; las palabras como puentes entre el antes y el después, dándole forma al tiempo. Justo lo que debía evitar.

Por no evitarlas, el presente se ha cargado de pesos, pues ahora existen el pasado y su vacío: quién es, dónde está, cómo llegó aquí, de dónde viene. Tiene que guardarlas otra vez, debe tragarse de nuevo las palabras.

Y es que ésas, entiende el Niño sin realmente entenderlo, no sólo lo ponen en riesgo ante sí mismo, también ante los otros.

Estos otros, por ejemplo, que al fin lo dejan solo, en el centro de la C-002.

La puerta que el Niño atravesó al llegar, acaba de crujir.

Alguien está a punto de entrar.

# Tres

Lo curaron antes de meterlo en esta habitación.

La custodia que lo sacó de la C-002 y lo llevó a la enfermería no lo quiso dejar solo.

No lo ha dejado, en realidad, porque aún sigue a su lado, sentada a medio metro de la cama en la que el Niño yace, descansando.

Aunque no sabe si él la entiende, si es capaz o no de comprender el idioma en que le habla, pues no hay manera de hacerlo emerger de su mutismo, la custodia no ha dejado de contarle historias; tantas, de hecho, que ya no le quedan más.

La custodia, sin embargo, no desea guardar silencio: teme que el Niño, quien poco a poco ha ido despertando en ella una avidez particular, un hambre de expresión que no había sentido antes, si hace eso, es decir, si ella deja de hablarle, se hunda y alcance una profundidad de la que luego no haya forma de sacarlo.

No sabe, la custodia, por qué le teme a eso, pero eso es lo que se está imaginando: el Niño convirtiéndose en plomada, cayendo en un abismo. Y como no le quedan historias, como su imaginación y su memoria parecieran haber sido drenadas, ella decide hacer algo que no se detiene a pensar: tras apretar la mano del Niño, como explicándole, abandona la habitación. Y, corriendo, se dirige hacia los vestidores del complejo.

Instantes después, con la radio que ella fue a buscar y atravesando de regreso esos mismos pasillos que ahora le resultan infinitos, la custodia teme, tan inesperada como inevitablemente, que el Niño se haya levantado, echado a caminar y abandonado la habitación. La aterra que se pierda en el interior del edificio y que ella no vuelva a verlo. Desesperada, entonces, precipita su carrera.

El alma de la custodia, como se suele decir, regresa a su cuerpo cuando entra en la habitación y ve que el Niño aún está ahí. Sonriendo, vuelve a sentarse, saca la radio y la enciende, sin fijarse qué estación sintoniza ni acordarse de que, a esa hora, se escuchará el programa de la vidente esa que a ella le gusta.

"A la gente que no cree, ¿qué les digo? Les digo oigan a Mariana: 'Pensé que mi dolor era importante, pero escuché y supe que el suyo era mayor. Luego vi el lugar en donde están y oí cómo me llamaban'".

Escuchando aquel rumor, el Niño se queda dormido. Y aunque la custodia pensó que sería al revés, cuando él se duerme, nota que la sueltan.

Buscando entender qué es lo que ha pasado en esas horas, la custodia se levanta.

Antes de irse, duda llevarse su radio, pero la deja a un lado del Niño.

Luego se marcha en silencio, inesperadamente ligera.

# Cuatro

Lo despiertan sus besos y su abrazo.

Es una de las mujeres con las que él estuvo ayer, la que le dio el sello.

Ha venido a cumplir su promesa, por eso lo está alzando y por eso lo carga, se dice el Niño, abrazándolo con esas fuerzas.

Lo que el Niño no entiende es por qué, tras besarlo, lo coloca debajo y no encima de la camilla, por qué lo tapa con esas sábanas que concentran aquella suciedad y por qué le pide que no vaya a moverse, con esa voz como deshecha.

Tampoco entiende, aunque le resulta divertido y devuelve a su rostro el gesto de alegría que perdiera hace unas horas, por qué avanzan cada vez más rápido, a qué responde esa velocidad con la que, intuye el Niño, atraviesan los pasillos del complejo al que él apenas llegó el día anterior.

El cambio de temperatura lo hace entender en dónde están antes de que Vestigia levante las sábanas y él observe la calle, antes también de que ella vuelva a alzarlo en brazos y el Niño le sonría al mundo reconociendo los olores que ayer llenaron su nariz y antes, además, de que ella se lo pegue al pecho y le susurre, con esa voz que parece tener sólo una hebra: "Hemos salido... ahora toca irse a casa".

"Antes tengo que esconderte una vez más", añade Vestigia abriendo la cajuela del auto, haciendo espacio entre las cosas regadas —el gato y la llave de cruz, varias decenas de casetes, una pala, un par de rastrillos, el juguete de un perro y la guía de carreteras que hace tiempo le regaló el chofer que falleció en el accidente—, recostando al Niño con cuidado y azotando, al final, la hoja de lámina.

La velocidad, poco después, es asombrosa, parecida a la de ayer en la ambulancia, piensa el Niño, rebotando de un lado al otro, como el resto de cosas que hay en la cajuela, pero muerto de la risa. Colada por la tela y el relleno de los asientos, le llega la voz como cascarón frágil de Vestigia: "No falta nada".

Una vez más, ella cumple lo que dice, pues pronto la velocidad se reduce y, tras una reversa interminable, se detienen. El Niño cree, entonces, que la cajuela va a abrirse, pero oye una voz gruesa, que no puede ser la de Vestigia.

El intercambio de palabras, poco más que un saludo y un par de preguntas obligadas, apenas dura un instante.

Luego, entonces sí, la cajuela vuelve a abrirse.

# Cinco

En el departamento todo pasa al revés.

Al menos, al revés de lo que el Niño podría o querría haber esperado.

No al revés de lo que Vestigia, que pareciera tener todo perfectamente preparado, aunque eso no quiera decir asumido, había planeado.

Antes de entrar, Vestigia deja al Niño sobre el suelo y le dice, abriendo la puerta, que el espacio al que están a punto de meterse será su casa a partir de ahora.

"Y desde hoy ése es tu perro", añade ella cerrando con llave y señalando al animal que el Niño aún no había visto. Tímido, Herencia, que dormía en un rincón pues a esta hora nadie suele estar en casa, se levanta y se acerca.

Durante un momento, un segundo que para el Niño es una era —la incertidumbre enreda al tiempo, ya se sabe—, Herencia duda si seguir o no acercándose: avanza medio paso y recula, antes de repetir esa acción, encogiendo las patas delanteras y lanzando un chillido que parece contener una invitación.

Tras imitar en voz bajita el chillido del animal, el Niño es el que rompe la barrera y se lanza hacia Herencia. Primero le acaricia la cabeza y luego, cuando el perro se tumba sobre la alfombra, mostrándole la panza, se hinca y se deja caer encima del animal. Felices, Herencia y el Niño ruedan sobre el suelo, sintiendo cómo se derrite algo dentro de cada uno de ellos, mientras Vestigia se sienta ante la mesa y cierra los párpados.

Instantes después, sin dejar de jugar con Herencia, los ojos del Niño buscan, en balde, los de Vestigia, quien ha vuelto a abrirlos tras apretar los puños y jalar aire, como si eso, el aire de aquel departamento, fuera el combustible que ella necesitara para llevar a cabo lo que está a punto de hacer. "Debo salir", murmura mientras escribe en un pedazo de papel y, evitando mirar al Niño, añade: "tengo que irme, pero tú vas a quedarte".

¿Por qué no me quiere ver?, se pregunta el Niño, eligiendo poner su atención ahí y no en las palabras que acaban de decirle, al tiempo que duda si dijo algo mientras se revolcaba con el perro. Como si ella lo hubiera escuchado o como si él, en efecto, hubiera dicho algo, Vestigia asegura: "No creas que es cosa tuya".

"No tiene que ver contigo, esto que me hace marcharme es algo de antes", susurra Vestigia mirando un punto indeterminado de la sala, sin atreverse aún a ver al Niño, que no suelta a Herencia: "Un día lo entenderás, te lo prometo".

"Ahora es pronto, pero comprenderás y entenderás que también lo hice por ti", insiste Vestigia levantándose y caminando hacia la puerta.

"No te estoy dejando solo ni en ese otro lugar", remata abriendo: "Cuídalo, tú también cuida de él".

Al final, la puerta se cierra y el Niño escucha girar el cerrojo.

# Seis

Durante los minutos siguientes, el Niño imagina.

Imagina lo que esa mujer que acaba de dejarlo ahí, con ese perro, hará en cuanto llegue a la calle.

El niño imagina, entonces, que Vestigia saca de la cajuela una guía de carreteras, que se sube a su coche y que conduce fuera de la ciudad, donde toma una carretera que parece interminable, hasta encontrar la desviación que necesita.

Evidentemente, el Niño no sabe por qué está imaginando esto que está imaginando: Vestigia conduce por la carretera federal 74 durante cerca de dos horas, aun cuando esas horas son, en la imaginación del Niño, que sigue contemplando cómo maneja ella, un breve instante.

Luego, cuando Vestigia por fin cree haber dado con el lugar que su instinto, no, que la vidente le mostró y que su memoria parece haber recordado, detiene el auto y baja de éste, dejando ahí lo que llevaba con ella. Todo lo que llevaba con ella salvo eso que le diera la vidente o, más bien, lo que ella tomó de casa de esa vidente, además de una foto de Hincapié y el bordado que le dieran Endometria y Cienvenida.

En la imaginación del Niño, entonces, ella, Vestigia, echa a andar rumbo del monte, atravesando, primero, una meseta tupida de matorrales, tras de la cual aparece un mar de biznagas y de órganos que, poco después, deja su lugar a una miríada de nopales raquíticos y a no menos zacates. Avanza, Vestigia, sobre un suelo de cantos que pronto se convierte en un suelo de polvo y que, finalmente, termina por ser un suelo de guijarros y de polvo.

El viento sopla levantando una polvareda llena de piedritas diminutas, espinas, ramitas secas y trozos minúsculos de hueso, tanto en la imaginación del Niño como ante el cuerpo de Vestigia, que se cubre el rostro con un codo. Cuando el viento por fin deja de soplar, ella retira el brazo con el que se había protegido y reconoce, a lo lejos, el promontorio que anda buscando, aunque no sabe cómo sabe.

Es como si ahí naciera ese otro dolor, el que no la ha dejado estar aquí, desde el día en que llegó. Es como si fuera de ahí, del centro mismo de ese promontorio en el que hay una zanja a medio cavar, de donde salieran las voces que la llaman, suplicando remedio: sin titubear, Vestigia entra en la zanja.

El Niño imagina entonces lo que Vestigia también hace en cuanto ha entrado en esa zanja, ese como ombligo de tierra que, entonces, por fin, deja de quejarse: primero se pone en cuclillas, después se deja caer hacia la izquierda y así es como se queda.

No volverá, Vestigia, a moverse: ni en el agujero en el que está desvaneciéndose ni en la imaginación del Niño, que, agotado, sacude la cabeza.

Así vuelve del ensueño en el que estaba y se descubre, otra vez, en el departamento.

Junto a él, Herencia lo mira ladeando la cabeza.

# Siete

No está triste, tampoco está asustado.

Durante la primera hora, el Niño juega con Herencia, al que le ha puesto un nombre que, sin embargo, no se atreve a pronunciar.

Después, cuando el perro se queda dormido, el Niño recorre el departamento en el que se encuentra y que está compuesto por una cocina amplia, una sala-comedor, un pequeño cuarto de tele, una habitación y un baño mediano.

Entre las cosas que hay ahí, en su nuevo hogar, además de la televisión, que no consigue encender, llaman su atención las lámparas de pie, los productos de limpieza —el olor de cada uno de éstos—, una caja de cartón llena de casetes —como los de la cajuela, se dice—, un cenicero de cristal con un pulpo en el centro y los libreros.

Sacando un libro y después otro, según atraen su atención los lomos de éstos, el Niño pasa páginas y páginas, sin detenerse demasiado en ninguna. Más que ocupada, usando el término de forma literal, lo que desea es mantener su atención distraída. Esta atención que, de repente, es secuestrada por la imagen de un enorme cactus, envuelto con suéteres, calcetines, faldas, camisetas y pantalones.

*La isla Tiburón es el hogar de la rama del pueblo comca'ac que se autodenomina como los hijos del polvo y que, cada año, cuando se cumple un nuevo ciclo, es decir, cuando llegan las caguamas de siete filos, viste a sus cactus más grandes con las ropas que ellos mismos usaron durante el año, pues en esos cactus habitan sus espíritus, que deben empezar sanos el ciclo siguiente. La mayor particularidad de los comca'ac, sin embargo, no estriba en esta tradición, sino en su lengua, una lengua que no comparte raíz con ninguna otra del planeta y que da prioridad a lo que no está, en vez de dársela a lo que está. La lengua comca'ac crece y nombra a partir de la ausencia, no de la presencia. En este sentido, a un manco, por ejemplo, se lo llama Dos brazos, así como al ciego se lo bautiza Vista de águila y al cojo Rayo veloz.*

La primera reacción del Niño, tras despegar su mirada del libro, es la risa. Luego piensa cómo llamaría, si él fuera *comca'ac*, a ese perro que ahora está durmiendo en su rincón. Maldad, se dice, así te llamarías, añade en su silencio, antes de preguntarse cómo bautizaría a la mujer que lo trajo a este sitio.

Sonriendo, trata de bautizar a esa mujer, pero no le resulta tan sencillo como con Maldad. Los primeros nombres que le vienen a la mente, de hecho, le parecen absurdos. Al final, sin embargo, cree que lo consigue: Permanencia, así te llamarías.

Permanencia, repite en silencio y siente una punzada en el pecho, no por esa palabra que rebota en su mente, sino por lo que desata: ¿ése no sería más bien tu nombre?

¿Permanencio? La punzada es una aguja atravesándolo. Otra vez, las palabras y sus filos.

# Lucía y Vestigia

# Uno

Instantes después, el teléfono suena de nuevo.

Cansada y sorprendida de estarlo escuchando, Lucía decide contestar.

Del otro lado de la línea está Justo: la llama para saber cómo sigue de la muela o eso es lo que le dice.

Ella responde que mejor, aunque no es cierto: esa muela es puro nervio irradiando dolor. Él, que nunca se da por vencido, le pregunta si tiene ganas de que vaya a visitarla.

Va a responderle que no, pero Lucía teme que la ausencia de Vestigia vuelva a constreñirla: ¿no es que la entendías? Antes de hablar, guarda silencio un breve instante, aunque quizá no sea tan breve: le da tiempo de pensar, otra vez, en su amiga.

Lucía piensa, entonces, en aquella librería, en el primer taller de entomología que impartió y en Vestigia entrando por la puerta. Levantándose del sillón, hincándose en el suelo y sacando de ahí abajo a Mandarina, recuerda, al tiempo que recorre su departamento: fuiste la última en inscribirte y en llegar, amiga.

Entre sus manos, que recién soltaron a la gata, el primer regalo que le diera Vestigia: la *Hierodula patellifera*, tan difícil de conseguir, presume, dentro de su caja de parota y de cristal, un intenso color verde. Es como si la muerte no la hubiera alcanzado, se dice Lucía, volviendo una vez más al sillón, tras decirle a Justo: "Estoy pensando".

Sentada en el sillón, al tiempo que ve los mismos objetos de hace rato —el bordado en el que aparece con otras mujeres, un trozo de maqueta funeraria, la varilla que Justo le dio, la primera jeringuilla de Vestigia, una serpiente de palo fierro, el retrato de su madre y la mascarita de murciélago—, recuerda la primera vez que vio a su amiga a solas: un par de meses después de aquel taller, la llamó para invitarla a comer.

Ese recuerdo se le presenta aún más vívido: en cuanto se sentaron, fue como si ya hubieran hecho eso, como si se conocieran de toda la vida o de otras vidas, como si las palabras de una fueran las piezas que le faltaran al rompecabezas de la otra, como si sus sentimientos se complementaran, aunque unos fueran cóncavos y los otros convexos, se dice, diciéndole, después, a Justo: "Aquí estoy, eh… sigo pensando".

A partir de aquel día, ya no nos separamos, recuerda Lucía, dejando la *Hierodula patellifera* sobre la mesa que tiene enfrente, donde también está su libro de grandes felinos: la zoología fue, después, lo que la llevó a la veterinaria, piensa volviendo el rostro: busca una lámina que enmarcó hace tiempo y que colgó en la pared.

Muestra, esa lámina, los insectos y animales que se hallaron en el sepulcro del recinto sagrado en el que trabajaba cuando se hizo amiga de Vestigia: también fue ella, de hecho, quien la convenció de renunciar y dedicarse a lo que realmente quería.

Por su parte, ella la ayudó, cuando su amiga decidió que no podía seguir trabajando en la línea de apoyo a aparecidos, que todo eso le resultaba demasiado doloroso, a buscar otro trabajo.

Pero basta, se dice recordando que Justo sigue ahí, en el teléfono: es como si no le importara esperar toda la noche o toda la vida, en realidad.

Esa última idea, sin saber por qué, le recuerda, de nuevo, a su padre y a su madre, a lo que ella también dijo la última vez que se vieron.

"No pienses que es lo mismo", rememora: "él nomás se fue... lo llamaba el futuro, a mí me reclama el pasado".

"Algún día sabrás cuál te llama a ti... a quién perteneces... qué mitad tuya pesa más".

La muela, entonces, vuelve a castigarla, haciéndola soltar un quejido.

Es un sonido breve, como de palo rompiéndose.

# Dos

"¿Estás bien, Lucía?", pregunta Justo, tras un instante.

Sobándose la quijada, Lucía mira, una vez más, el retrato de su madre.

"Llegará el día en que tú también lo escuches... o no, igual y no... ojalá que no, más bien".

"¿Te pasa algo, aparte de la muela?", inquiere Justo, ayudándola así a escapar de aquello que otra vez estaba ahí.

Sin tener claro por qué o sin ser consciente, más bien, de la razón que la empuja a decir esto, ella responde: "Eran parecidas... Vestigia y mi madre".

Repitiendo, en silencio, esas dos últimas palabras: mi madre, Lucía recuerda, como si sólo ahora entendiera por qué dijo lo que dijo, aquellas otras palabras que esa mujer le lanzara la última vez que se vieron.

En voz baja, Lucía pronuncia esas siete palabras: "La respuesta está en lo de antes". "¿Cómo?", pregunta Justo, aún más extrañado que hace un rato. Pero, en lugar de responderle, ella añade: "No imagina que, además de la que es, es el fantasma de un ser anterior".

A partir de ahí, la desborda una catarata de palabras que abren su cuerpo en canal, al tiempo que su gata, confundida, se le trepa. Es una catarata de palabras e imágenes, en realidad, que van de Vestigia a su madre y de su madre a Vestigia y que, además de abrirla en canal, le muestran algo que ella no había visto, aunque siempre había estado ahí.

Emocionado, mientras ella sigue en lo suyo, Justo piensa que al fin está abriéndole una puerta y se deja llevar por esa ensoñación: va a decirme que vaya, que lleve mis cosas, que me mude y que la cuide como ella va a cuidarme. "Somos nuestros muertos, los sentimos y nos sienten, aunque no podamos comunicarnos porque olvidaron nuestra lengua y no conocemos la suya", escucha él que Lucía está diciendo, cuando por fin vuelve de la ensoñación en la que estaba: "hablamos idiomas diferentes, eso es todo".

Quitándose de encima a su gata, sin dejar de hablar, ella se dirige a la pared que antes buscaron sus ojos. Bajo la lámina del recinto sagrado, sus herpetarios: también debió alimentarlas al llegar, se reclama, al tiempo que a él le dice: "Siempre he querido entender esa lengua, estoy segura de que fue nuestra y sólo falta encontrarla".

El silencio, en el teléfono, vuelve a hacerse, mientras ella levanta las tapas de sus herpetarios y deja ahí, en cada uno, un puñado de esos grillos que sacó del bote blanco. "Nosotros somos su metáfora, Justo... ¿lo sabías?", pregunta entonces Lucía: "la metáfora de ellos, de los animales", añade y el silencio vuelve a hacerse.

Poco después, cuando ya ha vuelto al sillón, mirando el bordado en el que ella aparece cavando o rastrillando con Vestigia, Endometria y Cienvenida, Lucía rompe el silencio: "¿Y si yo lo encuentro qué?".

"¿Si tú encuentras qué?", pregunta entonces Justo, haciéndola reír y haciendo, también, que ella decida poner fin a esa llamada.

"Lo siento, mejor hablamos luego... no me siento bien", asevera: "me duelen la muela y Vestigia".

Lo mismo da, entonces, que Justo insista, que suplique ir a verla.

Sin decir nada más, Lucía cuelga.

# Tres

Apenas deja el teléfono en su base, Lucía empieza a silbar.

Pareciera creer que así, silbando, aleja aquello que sigue asediándola y que la ausencia de su amiga, por lo tanto, no ha de alcanzarla.

Mientras se encamina hacia la lavandería del departamento, silba más y más fuerte la tonada que Vestigia y ella siempre utilizan para anunciarse una a la otra.

Utilizábamos, quiero decir, piensa entrando en esa lavandería, donde tiene sus peceras. Porque no volveremos a usarla, se dice después y ahí nota, una vez más y como un golpe, la opresión esa en torno suyo.

"Tras perder a su pareja, los cuervos vuelven, una y otra vez, al lugar donde aquélla muriera. Entonces entonan un canto que sólo usan ahí", asevera Lucía, como hablándole a la ausencia de su amiga, cuando las hojuelas flotan sobre el agua.

"Igual ése es el lenguaje de los muertos", añade instantes después, mientras ve cómo sus peces se alimentan: "esos silbidos, tan como el nuestro". La muela, entonces, vuelve a castigarla y ella se mete a la boca un par de dedos: en sus papilas, el pus que otra vez exprime de su encía y el regusto amargo de la comida para pez.

En cuanto vuelve a la sala, el teléfono suena de nuevo. Como imagina que será Justo, lo ignora: no tiene la culpa de que se haya obsesionado. Curiosamente, fue a sugerencia de Vestigia que siempre le habló claro. La opresión, nota entonces, no es tal, porque no siente algo que quiera metérsele, sino algo que intenta salir de ella. Lo mejor sería tomar un kilo de analgésicos, ver si así consigo dormir, se dice ante el sillón frente al que otra vez está.

"¿Y si yo lo encuentro qué?", pronunciar una vez más esta pregunta, escrita en el bordado, la sacude. Sentándose, da vuelta a la tela y la deja sobre la mesa. Entonces mira la mascarita de murciélago y rompe a llorar, recordando que, de eso, de cómo los murciélagos ven con los oídos, hablaron ellas la primera vez que se vieron. Levantándose, se dirige al baño, abre el botiquín y traga cuatro analgésicos y un sedante: tiene que ser capaz de dormir.

Tras lavarse la cara, Lucía se encamina a su cuarto y se deja caer sobre la cama, hundiendo la cabeza en la almohada que, hace apenas unas noches, estuvo usando Vestigia. El olor de su amiga, que sigue ahí, hace que Lucía piense una última vez en lo que ella está a punto de hacer o, peor aún, quizá ya hizo.

"Todas las historias terminan ante un precipicio. A veces, ese precipicio se erige como un risco irremontable, otras veces se hunde como un abismo inaccesible", recuerda, entonces, que leyó en alguna parte.

Por primera vez, ella mira el vacío de su amiga y se imagina, después, el suyo. No pienses en eso, cierra los ojos… deja que el sueño te alcance.

En la distancia, el teléfono suena una vez más. "Pinche Justo", murmura Lucía.

Y, preguntándose si ella lo habrá hecho, va quedándose dormida.

# Cuatro

Antes de entregarse al sueño, piensa en Gladys.

Es su serpiente favorita: la recogieron, recuerda mientras el sueño sigue tomándola, Vestigia, Justo y ella, un sábado de ésos en que salían con Endometria y Cienvenida.

A lo lejos, como si fuera en otro mundo, el teléfono suena una última vez. "Justo de mierda", susurra, pues no tiene cómo saber que, del otro lado de la línea, en ese instante, no está Justo.

El que ahora está llamando a su casa, desesperado, es Hincapié: ha decidido que ella tiene que saber algo más, cuando menos algo más de lo que él sabe o ha empezado a comprender leyendo las libretas de Vestigia. Por eso debe hablar con ella, necesita escuchar lo que Lucía podría decirle, no, necesita, en realidad, que ella lo escuche.

Si ella no hubiera pensado que el hombre que insistía era Justo, si antes de dormirse hubiera levantado el teléfono y hubiera contestado, habría descubierto que quien estaba llamando era Hincapié y habría escuchado algo como esto: "Te lo suplico amiga mía no te imaginas lo que estoy viviendo ni el infierno en que me siento atrapado Lucía por favor dime que sabes dónde está y qué está haciendo".

O, quizás, algo como: "Siento que me obligaron a tragarme un trapo empapado Lucía y que luego lo sacaron y me sacaron la mitad de mis adentros para llevárselos a no sé qué lugar en el que no voy a encontrarlos nunca más amiga no dejes que sienta esto para siempre dime por favor en dónde está eso que apenas me arrancaron".

O, igual, algo así: "Lo peor es que ahora siento que todo esto va a seguir pasando siempre una y otra vez con todo lo que pueda yo querer porque así también pasó con lo que ella dejó aquí antes de esto Lucía por favor dime algo lo que sea te lo suplico".

Pero ella, que no levantó el teléfono ni supo que del otro lado de la línea estaba Hincapié —quien, en su casa, azota el teléfono y vuelve a darle al *play* de la casetera—, se durmió y así pasó las horas siguientes.

Y eso, sin duda, fue lo mejor, porque si Lucía hubiera contestado y hubiera hablado con él, también habría reventado.

Y, si ella no hubiera dormido, tampoco habría soñado con sus animales ni con su madre ni con Vestigia.

Ni habría soñado ese otro sueño que se repitió, una y otra vez, durante la noche.

El sueño ese tan raro del niño ese.

# Cinco

Lucía, apenas despertar, se pregunta qué soñó.

Varias cosas y todas extrañas, se dice buscando con los ojos a Mandarina, al tiempo que la sigue llamando, en vano.

Sabe que todo lo que soñó fue raro, pero no sabe por qué lo sabe, pues recordar, apenas y recuerda uno de esos sueños: el de ese pueblo al que ella llegaba mientras ahí estaba celebrándose una fiesta.

La gente iba vestida de colores, cargando santos, veladoras, flores y ofrendas, recuerda Lucía o intenta, en realidad, recordar, porque, mientras recuerda, siente que ese recuerdo se le escapa: eso es, se dice entonces: por ahí empieza el olvido... por el sueño, añade sacudiendo la cabeza y pensando en Vestigia.

No, aún no quiero esto, se dice sintiendo el vacío dentro del pecho y, cerrando los ojos, como si así estuviera más cerca del sueño, sigue: había una banda tocando a todo volumen, un grupo de danzantes, también un sacerdote, un sahumerio que llenaba todo de humo, gente que se arrastraba de rodillas, gente que lloraba y, también, gente desgañitándose.

De pronto estábamos adentro de una construcción que era un gimnasio, después, dentro de algo que más bien era una iglesia y, luego, de repente, estábamos afuera, al aire libre, sobre un camino, no, sobre un sendero de tierra, recuerda, con los ojos todavía cerrados: entonces fue que tomé a una mujer del brazo y pregunté "¿Dónde estamos?".

No sé por qué no le pregunté "¿Qué está pasando?" o "¿qué hace toda esta gente aquí?", pero sé que esa mujer me agarró aún más fuerte de lo que yo la había agarrado y dijo: "El milagro, eso pasó, el milagro del niño, por eso estamos aquí, para dar gracias por su vuelta, para agradecer que por fin uno ha regresado".

"Fue apareciendo poco a poco, primero un pie, después el otro, luego una mano y luego la otra, lo vieron otros niños, un niño y una niña que venían regresando de la escuela", recuerda Lucía que le dijo esa mujer.

Los otros sueños ya no los recuerdo, se dice abriendo los ojos: estaba en shock, ésa es la verdad, que dormí como si estuviera muerta.

Una vez más, ella llama a Mandarina: es raro que esa gata no le haga caso.

Gata cabrona, piensa Lucía: a ver quién te da tu desayuno.

Instantes después, se levanta de la cama.

# Seis

En la sala, Lucía encuentra a Mandarina.

Entre sus dientes está Gladys: instintivamente, Lucía vuelve la mirada al herpetario.

Debió cerrarla mal anoche, la tapa está en el suelo. "¡Suéltala... gata cabrona!", ordena Lucía, intentando abrir el hocico de la gata que Hincapié y Vestigia le dieron.

Hubiera preferido que me dieran otro animal, piensa Lucía, furiosa, sosteniendo los restos de Gladys en una mano: los gatos no hacen duelo, por eso, porque la muerte les da igual, se usan para acompañar a los difuntos.

A cualquier otro puede parecerle una pendejada, pero a mí no, se dice dejando lo que queda de Gladys en una maceta: si hasta las ratas saben hacerlo. Una rata no sólo guarda duelo, adopta a la familia de la fallecida. Las ratas adoptan cuarenta crías a lo largo de una vida, añade para sí, ya menos dormida.

Enterrando a Gladys, Lucía, que así sigue emergiendo de la bruma del sueño y la sobredosis de pastillas, continúa: las ratas no sólo adoptan crías en periodo de lactancia, también sujetos jóvenes e incluso adultos, siempre y cuando estén heridos o sufran alguna discapacidad. Luego, lavándose las manos, Lucía recuerda que dejó su ropa en la entrada, secándose.

Con su ropa en las manos, ella sigue: al menos, en libertad, porque en cautiverio las ratas pierden esa capacidad de adopción, según demuestran un montón de estudios. Entonces ve pasar a Mandarina, como un reflejo. Y, como si eso también fuera un reflejo, se pregunta: ¿habré perdido, yo también, esa capacidad? ¿Tendría que haber hecho algo más por ti, Vestigia? De golpe, entonces, la vigilia y todo aquello que ésta implica.

"Vestigia", pronuncia Lucía en voz alta y el departamento le da vueltas. Intentando calmarse, busca llegar al sillón, pero tropieza con la varilla que Justo le regaló y que ella creía haber alzado por la noche: es la primera que él usó, cuando Endometria y Cienvenida lo invitaron, la primera que clavó en el suelo para dar con el olor de la muerte inconclusa.

"Vestigia", vuelve a decir Lucía y el recuerdo en plural del día anterior la golpea como un puñetazo en el rostro. Luego, el puñetazo es el de un recuerdo singular: "Prométeme, amiga, que estarás para ellos dos".

"Sí", había respondido ella: "estaré para Hincapié y para el Niño".

No voy a fallarte, Vestigia, estaré para los dos.

# Siete

No es verdad... ¿a quién quiero engañar?

He vivido demasiado tiempo en cautiverio... no sabría qué hacer con ellos dos.

Apenas acepta esto, esperando que el agua hierva, Lucía recuerda, como otro golpe, el final del sueño en el que estaba recién antes de despertar.

"Pensar que hubiera otra vida detrás de ésta, y que la nuestra fuera de hecho el espacio tranquilizador en el que los de aquélla se recuperan", le decía a la Lucía del sueño la Vestigia del sueño, que antes había sido su madre y Cienvenida.

"Lo escuché en una de las grabaciones que conservo", también decía la Vestigia del sueño: "eso fue lo que acabó de convencerme, eso y la vidente". Además de ése, este otro dolor: la muela vuelve a latiguear su fuste de calambres. Cuando esa punzada la deja, ella entiende qué debe hacer, qué tiene que hacer, además, antes de que sea tarde.

"Eso que piensas no es verdad", suelta como si aquello no hubiera sido un sueño y recordando aquella conversación de la primera vez, ésa de que deberíamos hacer como hacen los murciélagos, cuando escuchamos una historia. "Es culpa mía", añade sobándose la cara y abriendo los párpados, que cerró tras el último latigazo. "No podía saber que ella te daría la razón, quería que fuera otra charlatana", suma montándose en la prisa y la ansiedad que, entonces, de repente, están ahí, a su lado. En la cocina, la tetera chifla en balde.

Debo hacerme responsable, se ordena Lucía vistiéndose con lo que encuentra, tras meterse dentro del cuarto: ellos no son importantes, ni Hincapié ni el Niño ese son los que me importan. Tengo que encontrarte y detenerte, amiga… la vidente te… nos engañó —la desesperación, una vez que es injertada por la culpa, pare adefesios.

"Pero ¿cómo?, ¿en qué lugar voy a buscarte, si no me diste ni una sola pista, amiga? Por no saber, no sé una mierda", murmura contemplando el revés del bordado, al mismo tiempo que trata de anudarse los zapatos.

Ver esa cara deshilada la hace pensar, una vez más, en lo que Vestigia le dijera y en eso que estaba por hacer.

"No, claro que no puedo dejarte".

# Vestigia e Hincapié

# Uno

Antes de irse a su trabajo, Hincapié abraza a Herencia.

A partir de ahora sólo seremos tú y yo, le dice, instantes después, desde la puerta.

En la escalera, una vez más, el agotamiento ese que a él lo alcanza cada vez que su interior se ve revuelto.

Hace algún tiempo, Lucía le contó que eso mismo les sucede a las zarigüeyas, a algunos conejos y a ciertas ranas: el miedo las noquea. Estoy asustado, ésa es la verdad, se dice Hincapié: ni enojado ni resignado, aterrado.

Sabe, ha entendido, pues, que ese día es el día que tanto había temido, el día que empezará a buscar en vano a Vestigia. En la calle duda si no sería mejor volver a su departamento y esperarla, aun a riesgo de perder su trabajo. Luego recuerda la libreta, así como recuerda el amor que siente por ella: tampoco puede interponerse.

Cuarenta minutos más tarde, Hincapié por fin llega a su trabajo, donde nadie lo saluda. En silencio, entonces, enciende su computadora. Ahí está el correo de ella. Lo lee como el acusado que ha estado presente en su propio juicio lee la sentencia que ha escuchado antes. Para su sorpresa, sonríe.

Luego, aunque sabe que hacer eso no tiene sentido, decide responder: *Lo que no entiendo es por qué me dices todo esto. Quiero decir, ¿por qué me toca escuchar la condena y no el descargo de pruebas?*

*Y menos aún que escribas que también has decidido todo esto, o una parte de todo esto, por mí. Porque si no comprendo mal, eso también escribiste, ¿no?*

*Que sabes lo que harás contigo, pero también lo que yo debo hacer conmigo: pensé que esto lo habíamos superado.*

En cuanto manda este correo, la sonrisa en el rostro de Hincapié se desvanece.

Luego se pregunta por qué habrá asumido Vestigia que leyó su libreta.

Su gesto deformado, entonces, se convierte en otra cosa.

Una mueca sin un sentimiento preciso.

# Dos

Llueve, deja de llover y llueve otra vez.

Vestigia dobla la cuadra, se orilla y detiene el auto.

Sabe que aún le falta una cosa, pero debe calmarse, dejar de llorar.

Acaba de despedirse de Lucía y no pensó que fuera a ser así de duro. Para recomponerse, repite lo que le dijo la vidente: "Porque serás encontrada, desaparecerás".

Se lo repite, una vez más, cuando piensa en Hincapié. Al menos, a él no va a dejarlo solo. Girando el cuerpo a la derecha, alcanza su bolso. Entonces saca la libreta de él y arranca un pedazo de hoja.

Ahí, en ese trozo de papel, ella escribe: *¿Recuerdas lo que dijiste sobre eso que Lucía te contó de los lobos? A mí me dijo otra cosa. O me contó, más bien, la historia completa: cuando la tristeza del lobo o la loba es insoportable, su pareja renuncia a la manada, se marcha convencida de que se lleva ambos dolores.*

*El que se va no lo hace sin antes conseguir, para el abandonado, una pareja o unos cachorros nuevos. Espero que contarte esto sirva de algo, amor.* En cuanto acaba de escribirlo, Vestigia se guarda el recado. Instantes después, enciende otra vez el coche. Y, de nuevo, se dirige hacia el complejo en el que ha trabajado los últimos años.

En ese sitio, después de estacionarse tras un camión que ella sabe que nadie ha movido en un montón de meses, cuando la lluvia finalmente escampa, se baja del coche y se escabulle, como si ya fuera un fantasma.

Luego, cuando las luces del estacionamiento se apagan y también se apagan las ventanas, entra una última vez en esa parte de su vida, aunque esté saliéndose.

En los pasillos que van a las habitaciones, el silencio sepulcral.

Sobre el mundo, finita, la lluvia vuelve a caer.

# Tres

Hincapié no sabe cuánto tiempo ha pasado.

En algún momento, gira el rostro y observa su reflejo sobre un vidrio.

Ni siquiera es capaz de reconocer esa mueca que acaba de mirar, como tampoco sería capaz de explicar, si alguien se lo preguntara, qué está sintiendo.

Es, se dice, como si me hubieran arrancado esas dos cosas: la capacidad de demostrar lo que siento y la de sentirlo. Es, insiste, también para sí mismo, como si ya sólo existiera el vacío que tu ausencia va a dejarme, Vestigia.

No, como si yo también fuera ese vacío, como si tu ausencia no estuviera aquí, en este mundo, sino acá, dentro de mí, se dice tocándose el esternón. Entonces, con la misma resignación de más temprano, decide volver a escribirle a ella, aunque hacer eso sea, otra vez, como escribirle a la nada.

*Por favor, espera un poco. Te lo suplico, no te precipites. No transformes nuestras vidas para siempre sin antes escucharme, sin dejar que te recuerde lo que sentimos cada vez que estamos juntos… amor, no acabes así con todo.*

*Sé que puedo resolverlo. Desentrañaré tu pasado y arrancaré nuestros miedos. No somos lobos, además. No hay que renunciar, no tienes que irte.*

Apenas manda el correo, Hincapié siente unas ganas locas de marcharse a casa.

Por eso, segundos después, se levanta dando un salto.

# Cuatro

Mejor que no estuvieras, Hincapié.

*No podría haberte hablado, ni siquiera sostenerte la mirada.*

*Pensé, te lo juro, que todo esto tardaría mucho más. Que, entre tomar la decisión y ponerla en práctica, pasarían días, incluso semanas.*

*No fue así. Lo que me llama, amor, tira de mí con una fuerza que no puedo ni quiero combatir. Como si yo fuera un pedazo de metal y hubiera, en ese otro lugar, el que me hicieron abandonar, un imán enorme.*

*Me gustaría explicártelo mejor, pero no puedo ni imaginar cómo. O igual es que no existe una manera. Se parece, eso sí, a lo que sentí cuando abortamos, pero al revés,* escribe ella en el papel que ya había usado antes.

*No, al revés no, porque en vez de sacar algo de mí, siento que tengo que sacarme a mí de este lugar, devolverme al sitio del que vengo para sanar la herida que dejé.*

*Y esto tengo que hacerlo hoy. El dolor que siento es demasiado fuerte y debe ser apaciguado cuanto antes.*

*No, está mal escrito: no es el dolor que siento, es el que sienten: el dolor que llama.*

*Cuídate y cuídalo mucho, por favor.*

# Cinco

¿Qué quieres que haga?

¿Qué pretendías que hiciera con él, Vestigia?, se pregunta Hincapié.

Entre tu ausencia y su presencia, así de repentina, ¿dónde mierdas quedo yo?

Por lo pronto, creo que voy a llevarlos al parque, se dice él. Luego guardaré este pedazo de papel, junto al resto de tus cosas.

Y leeré tu libreta, eso dalo por seguro. Porque andaré el mismo camino que tú, aunque termine yendo con esa vidente, suma Hincapié, que de pronto parece ser sólo capaz de hablarse así: como si él mismo fuera la ausencia de Vestigia.

Llenaré tu vacío contigo. Con las grabaciones que no dejabas de escuchar, con tus libretas, tus obsesiones, tu recuerdo y nuestro miedo.

Mi dolor será lo más parecido que pueda ser al tuyo... no, será el tuyo.

No se me ocurre nada más, no quiero pensar nada más.

Igual, que sepas que te odio, amor.

Te odio, Vestigia.

# Seis

Cuando deja de llorar, enciende el auto.

Hincapié no se dio cuenta, pero Vestigia lo vio llegar hace media hora.

Ella tendría que haberse ido de aquí desde hace rato, pero apenas ahora ha conseguido calmarse: no esperaba verlo a él de nuevo.

Tampoco imaginaba que eso, verlo atravesar a la carrera el sendero que conduce a su edificio, pudiera hacerla dudar una última vez, pero eso fue lo que pasó: que ella volvió a dudar. A fin de cuentas, estos años fueron muchos años, se dijo, y rompió a llorar.

Durante la siguiente media hora, Vestigia estuvo a punto de bajarse del auto y renunciar a su plan unas tres o cuatro veces, pero el dolor que la llama fue más fuerte.

Al menos no nos encontramos, se dice ella, ahora que ha dejado de llorar y que por fin enciende el auto: una vez más, tiene claro lo que hará.

Antes de arrancar, revisa el mapa de nuevo: lo primero es la carretera federal 74.

Cuando esté ahí, ya verá cómo seguir.

# Siete

Varias horas después, Hincapié se derrumba.

Su pérdida se ha repetido, literalmente, delante suyo, además de que no ha dejado de suceder adentro de su mente, una y otra vez y una más.

Herencia, tras olfatear todos los rincones de la casa, pues no entiende cómo es que algo puede deshacerse así, como de golpe, ladra un par de veces y luego se dirige al cuarto en donde él está acostado.

Al ver entrar al perro, Hincapié dice: "Siento que alguien le ha sacado una parte a nuestra historia, una parte que no volverá a ser tocada, que echaré en falta siempre".

Los años que pasó con Vestigia se están volviendo un agujero que succiona dentro de su pecho, impidiéndole moverse: necesita hablar con alguien.

Viendo el teléfono, entonces, piensa en Lucía.

# El Niño e Hincapié

# Uno

Poco después, como puede, el Niño se levanta.

La aguja borda, con su hilo de dolor, el resto de su cuerpo: ¿cómo saber cuál sería su nombre si no recuerda, si ni siquiera sabe qué ha olvidado?

Las palabras, una y otra vez, abriendo la puerta del tiempo, convirtiéndolo, a él, que ingenuamente pretendía ser sólo presente, en eslabón, vínculo entre el antes y el después: ¿en dónde está?, ¿cómo llegó?, ¿quién fue?

De pronto, todo el temor, toda la tristeza, todo el cansancio, todo el vacío. Como mirar la destrucción pura y total, si vuelve la mirada. Como si todo el dolor del mundo estuviera ahí, en su pasado. No sólo no debe hablar, pronunciar ciertas palabras, al parecer, tampoco puede pensar en ellas.

En mitad de la conmoción, cuando Herencia, que pareciera haber intuido qué le pasa, se acerca y lo lame, el Niño cierra los ojos. El hilo que lo zurce es, en esa oscuridad, un relámpago que lo deslumbra, un rayo que no parece ser de este mundo y con el que nadie más podría decir que se ha cruzado. La luz de esa descarga le muestra, durante un instante en el que caben mil momentos, una imagen improbable.

Es una imagen de imágenes. No una superposición ni una película, una imagen que es varias imágenes a un mismo tiempo: hay un llano, hay otra luz —un sol intenso—, hay un montón de matorrales, hay gente de pie y hay gente hincada, hay varios cactus y hay biznagas, hay ropa dejada al viento, hay polvo y hay un hueco —un hoyo en el centro de todo, un agujero del que emerge ese silencio que lo llama, pues intuye lo que esconde.

Es lo que soy, lo que ese silencio es, es lo que soy, piensa segundos después, caminando, como puede, hasta el sillón que está delante de la televisión. Dentro de poco va a dormirse, convencido de ser el primero que observa ese agujero.

Dormirá tan profundo que no despertará cuando la chapa gire. Tampoco lo despertarán los ladridos de Herencia ni la voz de Hincapié, que antes de notar que él está ahí, se precipitará sobre la mesa y leerá el recado que ella le ha dejado.

Antes de leer, una vez más, lo que Vestigia le escribió y antes de responderle, mentalmente y en vano, Hincapié por fin verá al Niño.

"¿Qué pretendías que hiciera con él, Vestigia?".

# Dos

Lo que sigue sorprende a Hincapié.

Y es que siente que lo quiere incluso antes de despertarlo.

No sabría explicar cómo o por qué, pero apenas se acerca al Niño, Hincapié lo nota: va a quererlo para siempre, y no sólo porque Vestigia lo trajera.

"Para siempre", pronuncia Hincapié en voz alta, con su hablar ronco y colmado, como eco antiguo. Son esas palabras, que aún no saben que también son una trampa, las que, al final, despiertan al Niño.

Cuando abre los ojos, al Niño le pasa algo similar, aunque sigue arrastrando el temor, el cansancio, la tristeza y el vacío que lo alcanzaran hace rato: apenas sume la suya en la mirada de Hincapié, siente que lo quiere y que los une algo sin nombre que él, evidentemente, no tiene intención de bautizar.

Qué cosa, qué sensación, qué sentimiento más extraño, piensan ambos, tanto el hombre como el Niño, en sus silencios, diciéndose a sí mismos: es como un cariño de después, como llegado del futuro. Antes, sin embargo, de que Hincapié se atreva a hablar de nuevo —el Niño, por su parte, no piensa hacer eso—, Herencia ladra, desde la puerta, señalando su correa con el hocico y rascando el suelo con las patas delanteras.

La sonrisa los asalta al mismo tiempo. Y, como si aquello fuera una costumbre, algo que han hecho una y mil veces,

Hincapié y el Niño se levantan, atraviesan el departamento, alcanzan la puerta, enganchan el collar de Herencia —"así se llama nuestro perro", dice el hombre ante el pequeño— y salen al cubo de la escalera.

Es ahí, en la escalera, donde Hincapié, por cuyas venas pareciera correr una sangre nueva, toma la mano del Niño, que, emocionado, aprieta aquellos dedos. Lo que el pequeño siente, sin embargo, se empaña en segundos.

Ahuyentando la palabra que recién ha recordado: Permanencio, el Niño logra, también en un par de segundos, desempañar lo que siente.

Entonces, incomprensiblemente felices, salen del edificio.

A lo lejos, se ve el parque.

# Tres

Los árboles están retoñando.

Hincapié y el Niño recorren una de las veredas principales, mientras Herencia se divierte persiguiendo murciélagos.

Internándose aún más en el parque, como buscando un lugar que los tres conocieran, se cruzan con varios vecinos. Ninguno de ellos, sin embargo, le pregunta a Hincapié por el Niño, de tan acostumbrados como están a estas cosas.

"Aquí la gente viene y va", dirían ellos, de hecho, si alguien les preguntara: "las personas aparecen así, igual que otro día desaparecen", añadirían: "estás y de repente, en un instante, como si nada, como si fuera cualquier cosa, como si eso fuera, en realidad, lo normal, ya no estás".

Poco antes de llegar al páramo que Hincapié estaba buscando, encuentran el letrero: anuncia la caducidad del lugar en que se encuentran, es decir, informa a los vecinos de los edificios colindantes con el parque, aunque ellos ya lo saben, pues los notificaron hace tiempo, que éstos serán derrumbados.

Aunque lo ha leído cientos de veces, Hincapié vuelve a leer aquel letrero. Esta vez, sin embargo, no siente nada. Como si ya no hubiera sitio en él para esa tristeza que, de repente, le parece banal y de otro tiempo.

El Niño, que no entiende por qué se han detenido, también mira el letrero. Hincapié lo ve y comprende, entonces, lo que debe estarse preguntando. Es, se dice, como si pudiera escuchar lo que ese Niño piensa.

"Aunque no es tan difícil de entender, es difícil de explicar", dice Hincapié, sonriéndole al Niño, pero también a sus palabras: "han sido demasiados eventos".

"Cuando las apariciones se concentran, la autoridad descampa la zona", añade Hincapié tras un instante, temiendo que no sea buena idea.

"Con las desapariciones pasa igual", suma después, justo antes de que Herencia lo rescate, ladrando.

"Quiere su pelota, por eso está ladrando".

# Cuatro

La luna apenas puede verse, entre tantas nubes.

Cuando llegan al páramo que Hincapié está buscando, los alumbran la luz de las farolas. La humedad, que no habían notado, se torna evidente.

Alargando un brazo, el Niño, que entonces siente algo extraño, como el revés de un dolor, le pide a Hincapié, moviendo los dedos de la mano, que le entregue la pelota de Herencia. "Aquí no, vamos un poco más allá".

Apartándose del resto de vecinos y mascotas, Hincapié, el Niño y Herencia por fin empiezan a jugar. Y es como si eso también lo hubieran hecho un millón de veces: cada uno tiene perfectamente claro qué lugar debe ocupar para que el triángulo que entonces son no pierda su forma y la pelota esté siempre en movimiento.

A ellos dos les toca lanzarla, mientras que Herencia debe traerla de regreso. Si el Niño la lanzó, debe dársela a Hincapié; si la lanzó Hincapié, le toca dársela al Niño: como ahora, que la deja a los pies de éste y que, nervioso, mira cómo la levanta, echa el brazo atrás y vuelve a lanzársela, lo más lejos que puede.

Esta vez, sin embargo, tras dibujar un arco perfecto, la pelota cae sobre una mierda y, en lugar de rebotar, se queda ahí, pegada. Sorprendido, Herencia detiene su carrera, al tiempo que Hincapié y el Niño echan a reír.

Sin acercarse del todo a la pelota, Herencia olfatea eso que acaba de pasar, como si así fuera a transformarlo. Hincapié, entonces, piensa en Justo, un segundo y murmurando: "Farsante de cagada".

Por su parte, el Niño, para no pensar en esa cosa que otra vez acaba de notar y que es como un hambre de dolor, echa una pierna atrás y patea la pelota, con todas sus fuerzas.

"Olvídenla", ordena Hincapié, agarrando a Herencia y viendo el cielo, en cuya oscuridad se adivinan aún más nubes, al tiempo que el Niño mira su pie.

"Es hora de irnos", añade Hincapié, tajante: "lloverá dentro de nada y es tardísimo".

Estaban solos y todo era, de repente, semioscuridad.

# Cinco

Lo que el Niño había sentido vuelve a morderlo.

Cruzan el parque de regreso, apurándose, como si algo se escondiera entre las sombras de la noche, cuando Herencia empieza a ladrar.

"Cállate que van a enojarse", suelta Hincapié, volviendo la cabeza hacia su perro: "harás que los vecinos nos regañen", insiste después, porque Herencia, que parece convencido de que algo los acecha, no acepta callarse.

Enojado, Hincapié mira al Niño, que trae consigo la correa y mira, después, a Herencia, que continúa, terco, ladrándole a unas sombras que sólo él es capaz de ver ahí, del otro lado de la noche. Adivinando las palabras que el hombre está a punto de decir, el Niño alcanza al perro y engancha la correa a su collar.

"Ponle la correa", dice entonces, en balde, Hincapié, antes de añadir, también en balde: "además dile que se calle", pues el Niño está abrazando a Herencia, acariciándole la cruz, como tratando de calmarlo. Tras un breve quejido, el perro vuelve su hocico al Niño, le lame el rostro y, renunciando a eso que lo había puesto intranquilo, al fin guarda silencio.

Eso que había puesto intranquilo a Herencia, sin embargo, es lo mismo que había mordido al Niño, esa como hambre de dolor que ahora, mientras se siguen acercando al edificio en donde viven, hunde sus dientes otra vez en él, que no tiene tiempo de pensar en lo que acaba de sentir pues Hincapié ordena apurarse.

Frente al letrero de hace un rato, ante el que pasan corriendo —Hincapié no entiende por qué siente esa como necesidad de escapar, pero aún sigue apurándose y apurándolos—, el Niño recuerda las palabras que ahí le dijeron.

Del otro lado del agujero tiene que haber algo, piensa entonces el Niño, incapaz de escapar a esas palabras que se volverán contra él dentro de nada.

En la distancia, la entrada del edificio.

# Seis

En la escalera, lo nota por primera vez.

En la pierna izquierda; en el pie, en realidad: es como si no estuviera ahí.

¿Lo dijo o lo pensó? Cerrando los ojos, el Niño intenta recordar. No, intenta concentrarse. Cree que, pensándolo, podrá sentirlo. Pero no consigue evocarlo.

En lugar de ese pie que de repente recuerda embarrado de mierda, cuando cierra los ojos, el Niño observa el agujero de silencio: "Del otro lado tiene que haber algo".

Espantado, abre los párpados. Y, otra vez, la duda: ¿dijo eso en voz alta o lo pensó? Justo entonces, Hincapié se da cuenta de que a él le pasa algo. "¿Estás bien?, ¿qué necesitas?, ¿quieres que te cargue hasta el departamento?", pregunta, en batería.

El Niño no quiere responder, sabe que no debe hablar. Por eso aprieta los dientes, haciéndolos rechinar. Y por eso también le ordena a sus labios y a su lengua estarse quietos. Herencia, por su parte, comienza a ladrar una vez más. Primero ladra mecánicamente, después, enfurecido. Como si alguien o algo más estuviera ahí con ellos y él fuera el único capaz de darse cuenta, el único que pudiera, además, ahuyentar aquella cosa que de pronto los acecha, que amenaza con dañarlos, que reclama al Niño.

Por el cubo de la escalera sube el rumor de varios pasos. Ignorándolos, el Niño se repite que no debe decir nada.

Necesita pensar en otra cosa, en cualquier otra cosa. Su mente, entonces, es atravesada por aquello que leyó sobre la lengua comca'ac.

Reconociendo el olor de los vecinos que están por alcanzarlos, Herencia deja de ladrar. Luego aparece esa pareja e Hincapié sonríe, mientras ellos saludan al Niño.

Cuando los pasos de esos vecinos son rumor, Hincapié vuelve a empezar con sus preguntas y Herencia vuelve a esa cosa que lo inquieta.

"¿Te cargo? ¿Te llevo en brazos al departamento?".

# Siete

"Casi ni pesas", asegura Hincapié, sonriendo.

Instantes después, a un par de pisos del departamento y tropezando, le grita a Herencia: "¡No te cruces por delante!".

"Poquito más y caemos", asevera Hincapié, junto al oído del Niño —pareciera que eso, cargarlo, también lo hubiera hecho un millón de veces—, en el instante en que él nota, en el pie derecho, lo que sintió en el izquierdo: que tampoco está ahí.

En el departamento, con la madrugada recién inaugurada, Herencia empieza a ladrar de nueva cuenta e Hincapié recuesta al Niño sobre el sillón, mostrándole su impotencia. El Niño, entonces, lo siente en una mano. Para no pensarlo, piensa en el manco de los comca'ac y se pregunta si habrá alguien que aún hable esa lengua. Y, luego: si no sería la suya, si no habrá sido él su último hablante.

Debía empezar ahí, si eso es lo primero que perdemos, piensa el Niño, aunque no sabe por qué se le ocurre eso ni tampoco por qué sonríe ni menos aún por qué, al mover la lengua y tocarse el paladar o los dientes, nota que ésta sigue ahí.

Dentro de poco, sin embargo, cuando Hincapié le diga "Debes comer algo" y Herencia empiece a chillar, el Niño dejará de sentir la otra mano.

Entonces, cuando lo entienda, dejará de sentir lo que hay dentro de su pecho.

¿Es posible que el parque fuera su lugar?

# Ocho

Cerrando los ojos, el Niño intenta recordar el parque.

Lo que observa, sin embargo, no es un recuerdo: su cabeza vuelve a imaginar.

Quizá sea la última vez que lo haga, piensa el Niño: por eso, aunque le gustaría que no pasara, deja que suceda.

Entonces imagina a Hincapié pidiéndole a un vecino que se quede a Herencia: él, asegura, no tiene corazón ni para verlo. Poco después, Hincapié aborda su coche y revisa una libreta.

En la imaginación del Niño, la dirección que Hincapié encuentra antes de acelerar: busca, desesperado, la casa de una vidente. Donde está, no en lo que está imaginando, el Niño siente que no siente las piernas ni los brazos, que ni siquiera su imaginación está entera: Hincapié ya encontró a la vidente, ya la dejó y ya empezó a dejarse a sí mismo.

Hincapié es la proyección de su sombra: los años han pasado y el Niño busca juntar los pedazos: vuelto esa sombra en el futuro, Hincapié se abandonó para volverse obsesión.

En la imaginación del Niño, entonces, Hincapié es Hincapié, pero también el contorno de la ausencia, el borde de un dolor en carne viva.

Sacudiendo la cabeza, otra vez, el Niño busca regresar al sitio en el que está.

Herencia está lamiéndole una de las manos que no siente.

# Nueve

"Pero ¿qué es lo que sientes?", pregunta Hincapié.

"Necesito que me digas qué es exactamente lo que sientes", insiste, incapaz de aceptar que, en realidad, el Niño no le ha dicho nada.

Y aunque el Niño sigue ordenándole a su lengua estarse quieta y a su boca no abrirse, de las profundidades de su cuerpo emerge esta frase, como relámpago: "Creo que estoy dejando de sentir... o eso siento".

Confundido, buscando cualquier cosa, lo que sea, en realidad, que colme ese sentimiento de vacío que de repente también pareciera estarlo alcanzando a él, Hincapié pasea la mirada por su departamento.

No encuentra, sin embargo, más que ecos de su propio dolor, el del Niño y ese otro que también está ahí, aunque no sabe a quién le pertenece.

Es un dolor, ése que ha aparecido de repente, mucho más viejo.

"Es lo que siento... que ya no siento", susurra el Niño.

"¿Estás seguro de que aún sigo aquí?".

# Diez

"¿Por qué preguntas eso?", inquiere Hincapié.

"Me estoy convirtiendo en fantasma", responde el Niño, con la voz vuelta hilo y advirtiendo, de nuevo, la imagen de imágenes.

Esta vez, sin embargo, él forma parte de aquello que observa. Está, de hecho, en su centro. Y eso, ser ese agujero, ese vacío que concentra todos los vacíos, ese hueco simultáneo, en cierto modo, un modo que no podría explicar, lo tranquiliza.

"O estoy dejando de serlo", remata el Niño con palabras como hebras, calmando el dolor de Hincapié y ese otro que se presume más antiguo.

Es el dolor que lo aguarda al otro lado de la imagen.

Sí, el parque era su lugar.

# Lucía y la vidente

# Uno

Lo sabe apenas escucha el clic de la chapa.

Girando hacia el pasillo, Lucía baja la mirada y ve a su gata.

"Me ocuparé de ti más tarde", le dice a Mandarina, que salió del departamento detrás de ella.

"No son cosas ni sucesos, eso dijiste, Vestigia... eso saqué de entre las cosas que dijiste", asevera luego en la escalera: "no son cosas ni sucesos, es un lugar".

"Es la única pista que me diste", suelta cuando la gata se detiene, ante el jardín del edificio. Igual que a ella, el pasto anegado la hace dudar. "Estábamos equivocadas... se trata de un lugar, amiga, de encontrarlo", las palabras empujan a Lucía hacia la calle.

"De encontrarlo y de volver, dejándose ir", rascando en esos enunciados, se pregunta si Vestigia no le habrá dicho algo más, si no será que ese algo más está escondido en los silencios. Sobre la banqueta, apura aún más sus pasos. Debe encontrar el lugar de su amiga antes que ella, no puede permitirle hacer eso que quiere.

En la esquina, los charcos parecen seres vivos, pulmones respirando. Debió llover toda la noche, piensa Lucía antes de decirse, una vez más: no puedo permitírtelo, no dejaré que hagas eso. No puedo dejarte ir, añade apretando los puños y dudando qué avenida será más fácil alcanzar, pero también cómo detener a su amiga.

"Estás equivocada", le lanza en voz alta al recuerdo de Vestigia, cuando la distancia finalmente se traga los maullidos de Mandarina. ¿O es que temo que la forma de tu ausencia sea de olvido? Esta otra pregunta, silenciosa, supurando como herida.

No, claro que no, lo que me da miedo es que no tengas razón, amiga, que la vidente... que tú entendieras... que tomaras nada más lo que querías.

¿Cómo voy a detenerte?, esta pregunta, también, supurando una y mil veces, como si lo importante no fuera cómo dar con ella.

Pero eso Lucía creía haberlo resuelto en la cocina de su casa: en casa de ellas, no lo harás sin antes ir allí.

Sobre los charcos, sus pasos como jergas azotando.

# Dos

Se arrepiente apenas indica la dirección.

¿Por qué está yendo a casa de Endometria y Cienvenida? De golpe, tiene claro que ellas no la dejarían: no hay razón para que fuera con ellas.

En el asiento del taxi, Lucía siente un frío ramificado: el que no había notado al caminar, el de la ausencia de Vestigia, cada vez más física, y el de la duda.

Calma, se dice: aún puedes descubrirlo, ella aún no es su desaparición. Acercándose las manos al rostro, sopla. Luego las frota entre sí, pero ni así logra desentumirlas, aunque sí se desentume el corazón: siente, siente y descubrirás dónde encontrarla.

"¿Podría poner la calefacción?", le pide al taxista, con ese tono que más que solicitar exige. El mismo que después usa consigo misma: concéntrate, qué más dijo Vestigia… no, piensa en lo que crees que ella pensó, en el lugar que está buscando, se dice viendo cómo el taxista alarga el brazo, pica un botón y gira una perilla.

"Gracias", asevera metiéndose las manos a los bolsillos y mirando, en la ventana, el diluvio que ha vuelto a soltarse. ¿Qué lugar estás buscando? Como la tortura de la gota malaya, una y otra vez esa pregunta. En sus bolsillos, las manos de Lucía dan, cada una, con una cosa diferente, aunque buscan sus pastillas.

Las reconoce con el tacto: en su mano izquierda, la mascarita de murciélago que pensó regalarle a Vestigia, para que la acompañara —la robó de un entierro señorial, formaba parte de una de esas maquetas que se hacían hace siglos.

En la otra mano, el casete que su amiga le había dado. Pasándoselo al taxista, vuelve a pedir, con tono de orden: "¿Será que puede ponerlo?". En silencio, el taxista obedece.

"Pensar que hubiera otra vida detrás de ésta, y que la nuestra fuera de hecho el espacio tranquilizador en el que los de aquélla se recuperan".

"¡Quítelo!", grita ella: no lo había soñado, Vestigia se lo había dicho a la vidente.

"¡Alto!", chilla después, pensando: igual no estás equivocada.

Y, si no estás equivocada, ¿entonces qué?

# Tres

En algún punto, otra descarga de la muela.

Será la última, decide Lucía, abriendo la boca y metiendo tres dedos ahí.

"¿Está bien?", pregunta el taxista, girando el cuello: sobre una de las palmas de ella, la muela. Sonriendo, el taxista repite su pregunta.

"Mejor, estoy mucho mejor", responde Lucía, liberada, al menos, de ese dolor. Por la comisura de sus labios escurre un hilito de sangre. Lo limpia con el dorso de su otra mano y, emocionada, indica la dirección de su nuevo destino.

Abrazando esa última certeza, le pide al taxista, además, que conduzca lo más rápido posible. "Si chocamos", asegura: "yo me hago cargo". Los chimpancés, recuerda entonces, guardándose la muela en el bolsillo, cuando pierden un diente, lo entierran al pie de un árbol, como si fuera una semilla.

Ella tiene que saber dónde está Vestigia, empieza a repetirse, como si por eso fuera a convertirse en algo cierto. Luego, se dice: es la mayor trampa del lenguaje, pero también su única promesa: que la repetición puede dar forma a la verdad. Afuera, por fin ha dejado de llover. En el cielo se pueden ver los agujeros que empiezan a abrirse entre las nubes.

Pensándolo mejor, se dice: la trampa es en sí el lenguaje. Y en ésta sólo caímos los humanos. Los animales no fueron tan idiotas, añade Lucía: por eso a ellos les da igual la verdad. Los agujeros se han ido convirtiendo en claros;

entre las nubes se filtran los rayos de un sol que aún está escondido.

"El cielo se quiebra de mil formas", dice entonces el taxista, sorprendiendo a Lucía y pidiéndole, segundos después, que repita el número que indicó antes. Ella vuelve a decirlo, antes de responder: "Ojalá fuera la tierra la que se quebrara".

Tras dudar, el taxista gira el cuello: "¿Por qué la tierra?". "Para que salgan los que no han sido llorados", lanza ella, que luego, pensando en el lenguaje, aprieta la quijada.

No queda rastro alguno del dolor.

# Cuatro

Son pocas las calles que no están anegadas.

Viendo aquellos ríos de agua, Lucía piensa en los delfines: cuando muere su pareja, una cría o un compañero, acompañan al cadáver durante días.

Lo llevan a golpes de hocico y cola, hasta que todos se han despedido, se dice, al tiempo que asevera: "Sé que dijiste que lo habías hablado con ella, que ella te dijo cuál era tu lugar". El taxista cree que está hablando por teléfono.

Cuando entiende que no, le pregunta: "¿Me habla a mí?". "Hay animales que se pasman", le dice Lucía, entonces, al taxista: "así me pasa a veces, como si se dislocaran mis sentidos, pero también los del mundo… como si cada cosa guardada en cada palabra fuera otra o como si el envoltorio de cada cosa fuera una palabra diferente".

"Como si así pudiera dejar de ser una persona", añade Lucía, señalándose el pecho: "como si fuera posible sacarse de aquí adentro el lenguaje y ser otro animal o un paisaje". El taxista, confundido, no sabe si sonreír. Quizá por eso acelera a fondo.

Luego, como si sólo entonces lo hubiera recordado, el taxista pregunta: "¿No sería más triste el retorno de los que no han sido llorados?". "No", responde ella, lacónica.

En la ventana, la luz del sol, un mar de autos y un hombre que podría ser Hincapié. No, no puede ser él, se dice Lucía. ¿Qué estaría haciendo aquí?

Más allá del vidrio, un cable lleno de palomas, una mujer sacudiendo un paraguas, dos perros cogiendo y otro esperando su turno.

¿Qué verán los chimpancés, en los dientes, que nosotros no sabemos ver?, se pregunta bajando el vidrio.

"Por favor, en serio, acelere un poco más", vuelve a pedir, ordenando.

Luego piensa: los paraguas pasman a algunas cabras.

Tenía que faltar poco, estaba segura.

# Cinco

Del asfalto sube un vapor que dan ganas de abrazar.

En las terrazas del cielo, la raya de un avión zurce las nubes que quedan.

Parece otra, como si no fuera la casa de ayer, piensa Lucía en cuanto el taxista se marcha: ¿qué si ella es de verdad?

Para que el miedo no la detenga, ella piensa en Vestigia y atraviesa la calle, brincando los charcos que quedan y burlando las dudas que arrastra.

Al otro lado de la calle, aunque no es un pasmo ni un entumecimiento de los sentidos, lo ve claro: es de verdad, Vestigia no pudo equivocarse. A Lucía la alcanza, entonces, un sentimiento inesperado.

Es una tristeza profunda, una congoja que pareciera haber estado hirviendo durante años antes de presentársele como esa presión del pecho: la certeza de saber que has muerto y saber, además, que no debía ser así. ¿No que no querías detenerla? ¿Qué estás haciendo aquí?, se pregunta, acercándose a la puerta.

¿Por qué estoy en este sitio?, ¿a qué vine?, insiste ordenándose tocar el timbre de la casa a la que está a punto de entrar. Antes de que su mano alcance aquel botón de plástico gastado, se oye el crujido de los goznes.

En el vano aparece la vidente, sonriendo. O eso piensa Lucía, porque luego se da cuenta de que no: está contenta, pero no está sonriendo.

En todo caso, queda claro que la estaba esperando, pues al verla señala el interior y dice: "Bienvenida".

Bajo el marco de la puerta, temblando, ella siente que algo está a punto de quebrarse.

¿Veremos algo que no ven los chimpancés?, se pregunta, para distraerse.

De la casa sale un olor apretado que paraliza su cuerpo.

# Seis

"¿Qué estás esperando?", pregunta la vidente.

Lucía ha vuelto a detenerse, en el medio de la sala, que huele a tiempo atrapado.

"Dale para allá", ordena la anticipadora, guiando su cuerpo hacia el pasillo. "Es al fondo", suma y ella recuerda que justo así olía la casa de Justo.

"Donde quieras", indica después, en la habitación, soltándola del hombro por el que la cogía. "Quiero decir, donde quepas", añade señalando el espacio con ambas palmas hacia arriba.

"Ahí… por ejemplo", asevera al ver que Lucía no se decide. Igual, ella tarda en sentarse. Su atención, tras ser reclamada por el escudo de las videntes o anticipadoras a las que Justo acompañaba los domingos —hay, en esa imagen, varias mujeres en torno a un agujero—, ha sido secuestrada por las cosas que llenan aquella habitación, que es todo menos lo que había imaginado. No puede dejar de ver, sobre todo, las lápidas antiguas, las maquetas de barro con sus escenas cotidianas.

En el centro de la habitación yace una única maqueta de cerámica. Ahí, a escala, Lucía mira y reconoce las calles, los edificios y las casas, los autos y los árboles, los animales, toda la gente que conoce o que ha visto alguna vez, sin importar cuándo haya sido.

Tiene que sentarse, pero ¿dónde? Casi no queda espacio: los libreros no sólo ocultan las paredes, se alzan en todas partes. Y hay muebles bajos con piezas de barro, antiguas y enmohecidas, así como dientes de humanos y animales.

Entre esos muebles, igual que debajo de las lápidas y las maquetas, se alzan incontables montículos de tierra, más o menos altos, que bien podrían ser termiteros.

Al final, al tiempo que la vidente vuelve a sonreír, Lucía se decide y se sienta en un rincón.

Entonces lo acepta, viendo su envés: la de cerámica es su maqueta.

# Siete

En la nariz de Lucía, el olor de las estalactitas.

En torno suyo, un montón de cables: salen de entre los libros de un librero y serpentean por la alfombra carcomida por el musgo.

No son cables, se dice ella poco después, cuando descubre que se mueven, acompasados, lentísimos, como si fueran la materialización de una onda.

Ese movimiento, hipnótico, la tranquiliza. Entonces, bebiéndose el té que la vidente le dio, descubre que son cientos de babosas desfilando. Las sigue con la mirada cuando sus oídos se percatan de que, en torno suyo, hay un sonido nuevo.

Es un correr de viento, no, el correr de varios vientos encimados. Como una suma de silbidos, un racimo de trinos hecho con mil voces de aves. Ladeando el cuerpo, Lucía acerca el oído izquierdo, tanto como puede, a la boca de un termitero.

De esos montículos, cuyos interiores apestan a líquenes, es de donde salen esos silbidos que, ahora, se esconden tras uno que empieza a escucharse aún más fuerte.

Es el suyo, es el silbido que Vestigia y ella utilizaban para anunciarse una a otra, se dice Lucía y el olor la hace pensar en sus labios enlamados.

Justo entonces, la anticipadora imita aquel silbido que se ha impuesto a los otros. Luego se echa a reír y, al final, guarda silencio.

Es el idioma que he estado buscado, piensa Lucía, pero la vidente la adelanta: "¿Cómo pudiste creerlo?".

"¿Cómo pudiste temer que la olvidarías?".

# Ocho

"¿Quieres saber cuál es tu lugar?".

"¿Te atreves o no a saberlo?", insiste la vidente.

Lucía, que en ese instante entiende lo que las anticipadoras buscan los domingos, sigue, sin embargo, agarrándose a aquel silencio enmohecido.

En algún momento, sin tener claro por qué, Lucía dice: "El lenguaje es un hongo, nos colonizó hace mucho, somos su portador". La vidente sonríe mirándola a los ojos: "Tiene un hongo, sí, pero no es... ¿sigues escuchando?".

De las bocas de barro, de esos termiteros que no han dejado de silbar, emerge entonces un sonido terrible. "Es el otro dolor... el que tu amiga no aguantaba, el dolor de los que están buscando allá a los que aquí siguen llegando", asevera la anticipadora: "Vestigia no quería seguir cargándolo, quería volver, ser encontrada".

"No existe otra forma de remediar, aquí, un dolor que no es de aquí", añade la vidente, señalando el entorno con las manos, cuando Lucía vuelve a ver su maqueta y decide que no, que ella no desea saberlo.

Alargando el brazo, la vidente le ofrece un puñado de tierra, de barro, en realidad, que arranca del suelo, tras apartar una babosa.

"Vestigia lo aceptó… igual tu madre", dice la anticipadora. "Yo no quiero saberlo", responde Lucía: "aún no".

En ese instante, el dolor calla.

# Nueve

"Porque serás encontrada, desaparecerás".

No está claro cuánto tiempo pasa antes de que Lucía pronuncie esas palabras.

Sonriéndole de nuevo o sonriéndole, más bien, a ese enunciado, que así vuelve con su dueña, la vidente dice: "No podrás olvidarla, pero irás olvidando lo demás".

Luego, dejando de sonreír, le devuelve el gesto a Lucía: "Pensar que hubiera otra vida detrás de ésta, y que la nuestra fuera el espacio tranquilizador en el que los de aquélla se recuperan... perderás esa tranquilidad".

Lucía se levanta cuando el olor enlamado vuelve a ser humedad. El silencio se desvanece tras el ruido de un auto en la calle y, en su memoria, lo primero que se desvanece es aquello del lenguaje como un hongo o del hongo en el lenguaje.

La calma que Lucía sintiera se vuelve un millón de cosas más, sin dejar de ser calma: "Todo este tiempo entendí todo al revés", dice al salir del cuarto.

"Al revés no", la corrige la vidente: "pero no, nunca fueron las palabras".

"Es el silencio", suelta Lucía atravesando la sala: "esa otra lengua".

"La del espacio tranquilizador", añade ante la anticipadora.

Por las ventanas entra una luz limpia.

# Diez

En la calle, el aire sopla tibio.

Pareciera que no hubiera llovido, piensa Lucía al ver el taxi.

Es el mismo taxista de hace un rato. Él se sorprende tanto o más que ella.

"¿Encontró lo que buscaba?", le pregunta antes de que acabe de subir. Sin pensarlo, Lucía responde: "Podría decirse... sí, creo que sí".

Bajando la ventana, tras indicar la dirección de su departamento, Lucía tira la mascarita de murciélago y el casete que le diera Vestigia. La muela no, ésa va a sembrarla, como hacen los chimpancés.

Asomada a la ventana, vuelve a verlo: es el hombre del otro auto. Parece estar perdido, no, parece estar buscando algo o a alguien.

Dudando si ayudar o no a Hincapié, Lucía escucha al taxista: "Y... ¿qué encontró?".

"Que allá también están buscando", asevera subiendo el vidrio.

"Aquí toca descubrir qué traemos dentro".

"Si animal, paisaje o milagro".

La tierra, entonces, cruje.

# Once

Camino a casa, Lucía se lo pregunta.

¿Por qué volver? ¿Para qué está haciendo eso? Es la primera vez de muchas: ¿qué es lo que quería? ¿Qué fue lo que pensó?

Mandarina, eso es, se acordó de ella. Aunque igual es peligroso regresar. No, es que no le ve sentido a hacerlo... ¿a serlo? A ser quien había sido, a habitar el mundo como lo ha estado habitando. Hay animales que, hartos de todo esto, dicen ya estuvo.

Las langostas, por ejemplo, se dice Lucía, sonriendo, pero de golpe olvida por qué ha pensado eso, al tiempo que duda si lo dijo ella hace rato o si lo dijo Hincapié, con quien, tampoco está segura, quizá habló hace un momento.

Si hubieran hablado, por otra parte, si se hubieran dicho algo uno al otro, quiere creer Lucía, lo recordaría.

Aunque también puede ser que ninguno dijera nada. O que no existan las palabras.

Al menos, las que ella anda buscando.

# Doce

Lucía entra en su casa llamando a Mandarina.

Cuando la gata aparece, la levanta y la abraza, como si estuviera abrazando algo más. Aunque está a punto de decirle que la quiere, elige el silencio.

Antes de irse, Lucía mira las jaulas, donde ha empezado, otra vez, el escándalo de las aves. Sin soltar a Mandarina y sin pensar que debe apurarse, que él podría encontrarla, Lucía abre las ventanas del departamento y las puertas de las jaulas.

Inseguras, las aves dudan un instante, pero abandonan sus encierros. Algunas se posan en la ventana, para ver a Lucía. ¿Qué verán dentro de mí?

Ella, Lucía, recuerda entonces que no puede quedarse mucho tiempo, que debe irse.

No puede arriesgarse, Justo no debe encontrarla.

"Ninguna langosta muere por causas naturales. A todas, quiero decir, las mata un depredador, cuando no un accidente. En serio, amiga, ellas son inmortales. Su tiempo natural no se agota sin la interacción de algo del exterior. Hay, sin embargo, una excepción: a diferencia de sus caparazones, los cuerpos de las langostas no dejan de crecer. Esta situación, no caber en sí mismas, es la que termina rindiéndolas, pues siempre llega el momento en que, agotadas, deciden no confeccionar su siguiente coraza. A veces creo que es lo mismo que les sucede a las palabras, aunque nosotros no dejemos que se rindan o nos aferremos a mantenerlas atrapadas en sus caparazones anteriores".

LUCÍA, en conversación con VESTIGIA

# Epílogo

# I

A estas alturas sólo queda en marcha una situación.

Y, como esta historia, al final, también es de apariciones, aquí está de vuelta la voz intrusiva, para contarla.

Concentrémonos en esta situación: la de Lucía, cuyo final, a diferencia del de Vestigia —hace tiempo, allá, cuando por fin dieron con ella y aquel otro dolor menguó, ella se había vuelto piedra y liquen, musgo y hierba, rastrojo y tallo, savia y planta y paisaje— o el del Niño —¡vaya milagro!—, aún se está escribiendo.

Y es que Lucía está llegando ahora mismo a ese parque al que ella va todos los días y al que hoy también llegará Justo o Hincapié.

No, aunque resulte extraño, aún no está claro cuál de ellos dos llegará a ese parque.

Como tampoco si habrá alguien que será capaz de deshacer o no el nudo.

# II

Faltan cinco minutos para las seis de la tarde.

Cuatro, cuando Lucía cree reconocer a Hincapié y los años se apilan en montones.

El tiempo ha pasado inclemente y Lucía apenas conserva el recuerdo de lo perdido: tras su visita a la vidente, el olvido fue alcanzándolo todo.

No es una metáfora: la memoria de Lucía, tras marcharse de su departamento, se fue vaciando de todo lo anterior a aquella tarde en la que recogió a su gata y liberó a sus aves, reptiles y peces, que tiró al escusado.

De las cosas y de las gentes que habían dado contenido a su vida hasta antes de que ella se rehusara a conocer cuál era su lugar, apenas quedan restos, imágenes fantasmales, murmullos que no alcanzan a formar oraciones. Por eso, Lucía se sorprende al creer que reconoce el rostro del hombre e intuir, además, que su nombre es ése: Hincapié.

El hombre, sin embargo, está al alcance de sus ojos apenas un segundo. En cuanto se sabe visto, él, que hace años la busca, aunque también desea postergar ese encuentro pues sabe qué implica, se esconde entre la gente.

Encontrar a Lucía, a fin de cuentas, es el corolario de todos esos años. Por eso, verla sentada ahí, ante aquel pedazo de tierra, lo hace sentir ambivalente.

Qué si no están de acuerdo, si no sienten lo mismo, si no se entienden.

Dudando de qué debe hacer, el hombre prefiere alejarse.

# III

Pero las cosas que han de suceder tienen un ciclo.

Por eso, un par de días después, la situación que seguimos se repite, casi idéntica.

Sentada en su banca del parque —a la cual, aunque ella parece no poder recordarlo, viene todos los días—, Lucía cree reconocer a Hincapié.

"El petrel de las Bermudas, el celacanto, el autillo de Borneo", dice Lucía, casi sin quererlo, sorprendiéndose con aquellas palabras que, aunque suyas, brotan de su boca como si fueran de alguien más: "animales que volvieron de su propia extinción".

"La tortuga gigante, el caballo caspio, el pecarí", sigue Lucía, experimentando al mismo tiempo un impulso motriz tan inesperado como aquellas palabras: "nunca se fueron, nosotros lo inventamos". Aunque se levanta decidida a ir al encuentro de ese hombre que podría o no conocer, de pronto gira al otro lado.

Lucía no sólo no sabe qué le diría, tampoco cómo, acepta bajando la mirada y contemplando el pedazo de tierra que a veces recuerda por qué le importa, aunque otras veces no. ¿Cómo abordar a ese hombre que de nuevo se oculta entre la gente si en su boca rara vez se forman enunciados?, se pregunta atravesando el parque.

Con qué palabras, insiste Lucía, todavía sorprendida de haber hablado en voz alta, pues su hablar ha sido carcomido por un hongo que lo reduce a su mínima expresión. Es lo que no quise saber, se dice, sin tener claro por qué se dice aquello.

Debo volver a casa cuanto antes, se ordena mezclándose entre la gente que en torno de otro hombre ha formado un corrillo, antes de alcanzar la puerta del parque.

Es ese entremezclarse, aunque ella no se da ni cuenta, pues sigue recordando su renuncia, el que impide que la sigan.

En la calle, frente al semáforo, Lucía se pregunta: ¿qué si ese parque es mi lugar?

¿Si lo ha sido todos estos años? ¿Si siempre ha estado aquí nomás?

Media cuadra después, Lucía olvida esas preguntas.

Y, claro, cualquier respuesta posible.

# IV

Al día siguiente —lo inevitable no sabe de recuerdos— vuelve a suceder.

Lucía está sentada a un lado de aquel pedazo de tierra en el que aún se puede adivinar el muñón de un árbol grande, cuando siente que la observan.

Al levantar la mirada, sin embargo, sus ojos no encuentran al hombre que la ha estado espiando sino a ese otro en torno del cual, veinticuatro horas antes, se formó el corrillo de gente: él sí que podría ser Hincapié, piensa Lucía.

Viendo cómo se aleja ese otro hombre, que se detuvo apenas un instante, Lucía echa a reír. De pronto, cualquiera podía ser Hincapié, así que ninguno debía ser Hincapié. Es normal, se dice en un acceso de lucidez, que aquella vida busque alcanzarme y sacudirme. ¿Qué hubiera pasado si ese día hubiera dicho sí?, se pregunta.

A varios metros del lugar donde ella está, en el corazón de ese otro círculo que la gente ha vuelto a formar en torno suyo, mientras tanto, aquel otro hombre que, en realidad, sí que podría ser Hincapié comienza a representar su ritual: con un palo en cuya punta hay una brocha que, de tanto en tanto, mete en una cubeta llena de agua, dibuja sobre el suelo. Y aunque aquello intriga a Lucía —al tiempo que el acceso de lucidez le recuerda: no era sencillo, acababas de entender que también tú habías llegado acá, en brazos de tu madre, que el suyo era tu lugar—, acercarse le da miedo.

Por esa falta de coraje, es decir, por uno de esos temores primigenios que el tiempo acaba convirtiendo en abismos insondables o en riscos irremontables, Lucía, volviendo a olvidar eso del lugar y de su madre, se levanta y decide ir a casa, sin voltear a ver lo que aquel hombre dibuja: las siluetas de una mujer y de un niño.

Cada vez que termina de perfilar una de esas dos figuras, la otra se ha evaporado, así que al hombre le toca empezar de nueva cuenta: de pronto dibuja al niño, de pronto dibuja a la mujer, de pronto al niño, de pronto a la mujer, al niño, a la mujer...

"También engañamos a la rana marsupial y al gecko crestado", murmura Lucía ante la puerta del parque, para no pensar en eso de que llegó aquí con su madre, en eso, pues, de que ella también venía de otro lugar.

Eso es, se dice, sin embargo, en la banqueta: lo que lo fue infectando todo fue aquella vida... ésa fue la que me fue carcomiendo, la que yo fui antes de ésta.

Entonces, por eso, por estar pensando en eso, Lucía no nota que la siguen.

# V


Horas después, en su casa, Lucía es arrollada.

Sonriéndole a su cuervo —hace poco volvió a descubrir que quería aves— la alcanza la certeza de que los hombres que vio en el parque son Hincapié.

Quiere, entonces, recordar las últimas palabras que se dijeron, aquella última vez que se vieron, es decir, frente a la casa de esa vidente o anticipadora ante la que ella se negó y quien, se dice, debe llevar muerta un montón de años.

¿Qué se habían dicho? No, ¿qué le había dicho ella a él? Lucía, a quien eso le resulta tan difícil, necesita revivir aquel momento. A ver, piensa, le pidió al taxista que parara y la esperara. Después se bajó, cruzó la calle y sorprendió a Hincapié, tomándolo del codo, antes de que él se diera cuenta de que ella también estaba ahí.

Pero ¿qué le había dicho? Lo había saludado y había intentado calmarlo, pero ¿qué le había dicho? Y ¿con qué palabras? ¿Las de ese lugar o las de su vida de antes? ¿Lo había convencido de marcharse sin entrar a aquella casa? ¿Le había dicho que todos, incluido él, habían llegado, aunque no lo recordaran? Por más que quiere, no consigue acordarse.

Harta de esos huecos en su memoria, unos huecos que, de pronto intuye —como un animal intuye la muerte—, más que algo que ella haya olvidado son algo que aquella que ella fue no podía imaginar, Lucía decide recostarse.

Entonces, como un golpe en el estómago, cuando ya está acostada, las preguntas: ¿por qué le dijiste a ella que no? ¿Por qué te negaste si quería ayudar? ¿Qué te impedía decir que sí? ¿Por qué no querías volver?

¿Por qué no te atreviste? Antes de que pueda, al menos, intentar responderse, cierra los ojos, prometiéndose volver al parque al día siguiente.

Parado encima de la jaula, el cuervo imita un silbido que hace tiempo le escuchó a Lucía.

Entonces ella también silba, antes de sonreír, notando caliente su pecho.

Cerrando los ojos, se promete no volver a decir no.

Va, por lo pronto, a interpelar a Hincapié.

# VI

El sonido del timbre la despierta.

No, la despiertan los ladridos del cuervo, que cuando tocan reacciona así: imitando al perro que vivía ahí, antes de que Lucía lo olvidara en el parque.

Suplicando silencio, ella se levanta de la cama, avanza un par de pasos y alcanza la ventana. Desde ahí puede ver a quien sea que esté ante su puerta. Asombrada, cree reconocer la figura del parque, el contorno de ese cuerpo que podría o no ser Hincapié.

Vistiéndose con una prisa que la pone en riesgo de caer, Lucía, que está a punto de deshacer el nudo de esta historia, se acomoda el pelo y baja la escalera, seguida por su cuervo. Al abrir la puerta, sobreviene el golpe, aunque, en cierto modo, lo sabía: el hombre que tiene delante no es Hincapié, es el que la ha estado siguiendo.

Sucio, cubierto de tierra, como si lo acabaran de desenterrar, Justo afirma: "Te vi en el parque hace unos días... apenas anoche fui capaz de seguirte". Luego, rascándose una mano con la otra, al tiempo que se levanta, silbando, un viento repentino, él asevera: "Lo último que supe de ti fue que ese día viste tu maqueta".

Mientras Lucía recuerda o cree que recuerda que fue por eso, porque él la buscaría, que ella renunció a todo y a todos, Justo —quien ha vuelto aquí sólo para cumplir con el papel que le tocaba— añade: "Tenía que encontrarte... sabía que aún seguías por aquí".

"He venido a liberarte", remata devolviéndole a Lucía la muela que ella sembrara hace años y que él recién desenterró: "¿quieres saber cuál es tu lugar?".

Alargando el brazo, ella dice: "Ante un precipicio, así terminan todas las historias".

Segundos después, la boca le sabe a agua y semillas.

# VII

La situación de Lucía, efectivamente, se rompió hace un instante.

Y como la del Niño y la de Vestigia lo hicieron hace años, falta conocer los destinos de Hincapié y de Justo —Endometria y Cienvenida, se dijo, apenas eran sombras.

Pero no volveremos con Hincapié ni tampoco con Justo, porque ambos siguen, seguirán haciendo siempre eso que han estado haciendo durante todos estos años: ser, de un modo terco, el recuerdo y el olvido.

No queda, por lo tanto, en esta historia, ninguna situación que aún haya que seguir. Acaso, lo que queda es un rumor, algo que fue y que ya no es, una huella.

Y eso, una marca así, no puede ser tocada por la literatura.

FIN.

# Nota

Me parece importante señalar que la imagen del bordado que se cita en esta novela, en el que aparecen cuatro mujeres en torno a la pregunta *¿Y si yo lo encuentro qué?*, es obra de la artista y bordadora Paulina Cuarón. Del mismo modo, quiero dejar constancia aquí de que esta novela le debe el conocimiento y el interés sobre la forma de nombrar el mundo en la lengua comca'ac a la obra de teatro *Tiburón*, escrita por Lázaro Gabino Rodríguez (como los tiburones, que no pueden dejar de nadar porque fallecen, las historias no deben dejar de contarse, porque pueden ahogarse).

# Agradecimientos

En primera instancia, doy las gracias a la Borchard Foundation Center on Literary Arts y al SNCA, que apoyaron la escritura de esta novela. También quiero agradecer a Cecilia, Paula, Javier, Andrea, Diego, Darío, Fernanda, Enrique, Pau, Alejandro, Ekaterina, Antonio, Damián, Aura, Aroa, Luis, Rafael, Kyzza y Oswaldo el haber aceptado perderse en alguno de los manuscritos que precedieron a éste. Especialmente, quiero agradecer las lecturas necias, los comentarios tercos y las discusiones empecinadas en las que sólo sabe reinar Hamad, para que un texto encuentre lo que puede: qué alegría que sean tantos los años y la amistad. Y, por último, claro, también quiero agradecer a los editores de *Los vivos*, quienes, como siempre, supieron darle sus mejores apretones, además de meterle el aire que seguramente le faltaba: Eloísa y Andrés —además de a ellos dos, este agradecimiento último también alcanza a Gabriela, Valentina y Jimena.

# Índice

Prólogo . . . . . . . . . . . . . . . . . . . . . . . . . . . . . . . 11

Primera parte . . . . . . . . . . . . . . . . . . . . . . . . . 29
   Hincapié y Vestigia . . . . . . . . . . . . . . . . . . 33
   El niño y Vestigia . . . . . . . . . . . . . . . . . . . 59
   Lucía y Vestigia . . . . . . . . . . . . . . . . . . . . 81

Interludio . . . . . . . . . . . . . . . . . . . . . . . . . . . 105

Segunda parte . . . . . . . . . . . . . . . . . . . . . . . 119
   Hincapié y Vestigia . . . . . . . . . . . . . . . . . 123
   El niño y Vestigia . . . . . . . . . . . . . . . . . . 141
   Lucía y Vestigia . . . . . . . . . . . . . . . . . . . 157
   Vestigia e Hincapié . . . . . . . . . . . . . . . . . 175
   El Niño e Hincapié . . . . . . . . . . . . . . . . . 187
   Lucía y la vidente . . . . . . . . . . . . . . . . . . 205

Epílogo . . . . . . . . . . . . . . . . . . . . . . . . . . . . 229
Nota . . . . . . . . . . . . . . . . . . . . . . . . . . . . . . 243
Agradecimientos . . . . . . . . . . . . . . . . . . . . . 245

Esta obra se terminó de imprimir
en el mes de agosto de 2024,
en los talleres de Grafimex Impresores S.A. de C.V.,
Ciudad de México.